대무신

大武神

임영기 新무협 판타지 소설

FANTASTIC ORIENTAL HEROES

대무신 8

임영기 新무협 판타지 소설

초판 1쇄 찍은 날 § 2009년 8월 7일
초판 1쇄 펴낸 날 § 2009년 8월 14일

지은이 § 임영기
펴낸이 § 서경석

편집장 § 문혜영
편집 § 문정흠

펴낸곳 § 도서출판 청어람
등록번호 § 제1081-1-89호
등록일자 § 1999. 5. 31
어람번호 § 제2-1797호

주소 § 경기도 부천시 원미구 심곡2동 163-2 서경B/D 3F (우) 420-822
전화 § 032-656-4452 팩스 § 032-656-4453
http://www.chungeoram.com
E-mail § eoram99@chollian.net

ⓒ 임영기, 2008

ISBN 978-89-251-1895-6 04810
ISBN 978-89-251-1489-7 (세트)

大武神 대무신

백팔 살인공을 한몸에 지닌 그를
훗날 천하는 그렇게 불렀다.

FANTASTIC
ORIENTAL HEROES

8 재회(再會)

임영기 新무협 판타지 소설

도서출판 청어람

目次

第八十一章

동주(同舟)

백호 칠령을 유인하러 간 조철악은 태무악이 있는 백운관의
주루로 돌아오지 않았다.

그리고 그날 밤에도, 또 그 다음날 밤에도 태무악에게 돌아
오지 않았다.

                    *   *   *

반천루 안에 들어온 철장신개는 그 어마어마한 규모에 눈을
휘둥그렇게 떴다.

그는 거의 완성 직전 상태인 반천루의 웅장한 고루거각들을
둘러보면서 질린 듯한 얼굴로 중얼거렸다.

"이런 것을 천하에 아홉 개나 더 짓는다는 말인가?"

"그렇습니다, 사부님."

옆에 서 있는 삼풍호개가 마치 제 일인 양 의기양양한 얼굴
로 대답했다.

때는 간시(艮時:새벽 3시)가 넘은 시각이다. 북경성 밖 서쪽
백운관 주루에서 태무악과 대화를 나눈 뒤 일행은 곧장 이곳
으로 왔다.

백운관에서 태무악과 철장신개는 서로가 알아야 할 것들을
거의 이야기했다.

철장신개는 태무악의 이야기를 듣고 있는 동안에 수시로 표
정이 변하면서 경악하기도 하고, 안타까워하기도 하면서 희비
가 교차했다.

지난 몇 달 동안에 무림에서 벌어졌던 굵직굵직한 사건들
거의 대부분이 태무악의 작품이었다는 사실에 놀라움을 금치
못했다.

그렇지만 그 놀라움은 태무악이 실행한 일 중에서 세상에
알려지지 않은 것들에 대해서 들었을 때의 경악에 비할 수는
없었다.

철장신개를 가장 놀라게 한 것은, 태무악 한 사람이 어떻게

천중신군을 그토록 많이 죽일 수 있었느냐는 사실이다.

태무악이 모든 설명을 끝냈을 때 철장신개의 복잡했던 머리는 짙은 안개가 걷힌 호수처럼 맑아졌으며, 답답하던 가슴은 뻥 뚫린 것처럼 시원해졌다.

비로소 자신이 해야 할 일이 무엇인지 깨닫고 또 결정을 내릴 수 있었기 때문이다.

그리고 그것은 태무악의 이야기가 모두 사실이라는 전제하에 가능한 일이다.

철장신개는 그동안 무림에서 벌어졌던 일들은 천하제일의 정보망을 갖고 있던 개방의 방주로서 완벽하게 인지하고 있었다.

그런데 그 사건들과 태무악의 설명이 정확하게 맞아떨어졌다. 그러니 의심할 구석이 없다.

또한 천하에 아직 소문이 나지 않은 회명부와 귀촉루의 일 같은 것은 이후 개방이 조사를 해보면 머지않아서 알게 될 것이다.

태무악이 같은 시기에 멸문시켰다는 산서성의 대승방 일은 이미 무림에 자자하게 퍼져 있는 상태다.

"가시죠, 사부님."

삼풍호개는 저만치 앞서서 휘적휘적 걸어가고 있는 태무악과 우란을 보면서 철장신개를 종용했다.

반천루 내의 맨 뒤편에 위치한 청은각 지하 어느 방에 몇 사람이 모여서 태무악을 기다리고 있는 중이다.

그들은 단현림과 단예, 단유랑, 그리고 우무평, 네 사람이다.

그들은 태무악이 이런 야심한 시각에 왜 자신들을 불렀는지 몹시 궁금했으나 내색하지 않고 침묵을 지키고 있었다.

스르릉.

이윽고 석문이 열리고 태무악이 들어서자 단현림 등은 일제히 자리에서 일어서며 그를 주시했다.

그러다가 태무악 뒤에서 따라 들어오고 있는 철장신개를 발견하고 크게 놀라는 표정을 지었다.

안휘무림의 내로라하는 명숙인 단현림과 우무평은 예전에 철장신개와 두 차례 만난 적이 있었다.

무슨 특별히 용무가 있는 만남이 아니라 그저 북경성에 온 길에 무림의 어른이며 구파일방의 일방인 개방 방주에게 인사를 드리는 것이 예의라서 찾아뵈었던 것이 첫 번째 만남이었다.

그리고 두 번째는 구파일방이 앞장서서 혈신마를 추적할 때, 벽파도문과 신월창부가 참가했을 때였다.

“방주!”

“어… 두 분!”

철장신개와 단현림, 우무평은 서로를 발견하고 나직한 탄성을 터뜨렸다.

그러나 세 사람은 눈으로만 인사를 나눌 뿐, 아무 말도 하지 않고 자리에 앉았다.

태무악이 자리에 앉기를 기다렸다가 그 옆에 앉은 삼풍호개가 철장신개에게 입을 열었다.

“사부님, 이 두 분께서는 태 형과 힘을 합치셨습니다.”

처음에 단현림과 우무평을 발견했을 때 이미 그런 사실을 짐작한 철장신개는 들어설 때보다 약간 상기된 얼굴로 고개를 끄덕였다.

사실 그는 어제 개방의 안휘성 합비 분타주로부터 한 통의 전서구를 받았다.

거기에는 합비성의 벽파도문과 신월창부가 하룻밤 사이에 감쪽같이 증발해 버렸다는 보고가 적혀 있었다.

그래서 철장신개는 단현림과 우무평이 태무악과 같은 배를 타게 된 이유가 벽파도문과 신월창부의 갑작스런 증발과 연관이 있을 것이라고 짐작했다.

“제가 어떻게 된 일인지 방주께 설명하겠습니다.”

단현림이 대표로 철장신개에게 벽파도문에서 벌어진 일들을 상세히 설명했다.

즉, 천존에 대항하는 유일한 적대 세력인 천추부림에 벽파도문이 가입했다는 사실이 발각되어 귀촉루에 의해 멸문의 위기에 놓였다는 것.

그래서 산서무림에서 태무악을 돕고 있던 단유랑과 강탁이 급거 벽파도문으로 귀환하여 그 사실을 단현림에게 알리고 대책을 세우느라 부심했던 것.

뒤이어 태무악과 단예 등이 벽파도문을 돕기 위해서 찾아왔으나 그 사실이 노출되어 천중신군이 더 많은 고수들을 끌어모으고 있었다는 것.

그런 사실들을 평소 단현림과 친분이 두터운 신월창부 부주 우무평이 알려주어 결국 두 방, 문파가 자파를 버리기로 최종 결정했다는 것.

안휘칠세 중에 안휘오세가 천중신군을 돕는 상황에서 태무악이 낙일방을 급습하여 무차별 살육을 벌이는 동안 벽파도문과 신월창부가 쥐도 새도 모르게 자파를 해체, 정예 고수 백 명씩만을 이끌고 합비성을 탈출하여 이곳 반천루로 왔다는 사실 등이었다.

설명을 듣고 난 철장신개는 고개를 크게 끄덕였다. 방금 들은 애기는 그가 전혀 모르고 있던 사실이다.

세상에는 밖으로 알려지는 일보다도 감춰지는 일이 훨씬 많은 법이다.

　개방이 천하제일의 정보망을 갖고 있다고는 해도 꼭꼭 감춰진 사실들까지 알아낼 수는 없다.

　그때 우무평이 철장신개에게 물었다.

　"천중신군은 벽파도문을, 아니, 신풍혈수를 제압하기 위해서 귀촉루의 백사십여 명 혈귀수들과 추혈각, 건곤궁의 고수 오십 명씩, 그리고 구천절대를 보냈다고 했는데, 구천절대가 무엇인지 모르겠습니다. 혹시 방주께선 아십니까?"

　철장신개는 해연히 놀라며 반문했다.

　"지금 구천절대라고 했소?"

　"그렇습니다."

　"음!"

　철장신개가 침음을 흘리며 표정을 굳히자 모두들 몹시 궁금한 표정으로 그를 주시했다.

　그의 행동으로 보아 '구천절대'가 무엇인지 알고 있는 것이 분명했다.

　구천절대가 무엇인지는 태무악도 궁금하게 여기고 있던 터라 철장신개의 다음 말을 기다렸다.

　철장신개가 머릿속으로 할 말을 정리하고 또 설명을 하는 것에 신중을 기하는 것으로 미루어 '구천절대'가 꽤 중요한 인물일 것이라는 짐작이 들게 했다.

　이윽고 철장신개가 묵직한 어조로 말문을 열었다.

"천존의 최측근에는 아홉 명의 호법(護法)이 있으며, 그들을 천령구위(天令九位)라 하고 따로 천령위라고 부르오. 구천절대는 천령구위의 아홉째 천령위를 가리키는 것이오."

좌중에 무거운 침묵이 흘렀다. 태무악을 제외한 모두의 얼굴에 극도의 놀라움이 떠올랐으며, 아무 말도 하지 못했다.

모두의 얼굴에는 설마 천존의 최측근인 천령구위의 한 명이 신풍혈수를 상대하러 올 줄은 꿈에도 몰랐다는 표정이 역력했다.

그렇게 놀라는 것이 당연하다는 듯 철장신개가 무거운 어조로 말을 이었다.

"서열상 천령구위는 태상사사자보다 위에 있소. 천존 휘하에서 삼인자라고 할 수 있소."

모두들 아연실색하고 있는데 태무악이 불쑥 물었다.

"그럼 이인자는 누구요?"

"천풍대공이라는 천존의 하나뿐인 제자일세. 하지만 그에 대해서 알려진 바는 전혀 없네. 다만 천풍대공은 천존의 진전을 거의 완벽하게 물려받았으며 천존의 육성에 달하는 성취를 이루었다는 정도만 알고 있네."

철장신개는 태무악을 쳐다보며 놀랍다는 표정을 지었다.

"과거에 천령구위가 임무를 띠고 무림에 나온 일은 한 번도 없었거늘, 천존이 자네를 그토록 중요하게 여길 줄은 미처 몰랐군."

그는 고개를 모로 꼬며 알 수 없다는 듯한 표정을 지었다.

"자네는 단지 일개 무간자였을 뿐인데 천존이 그렇게까지 자네에게 집착하는 이유를 모르겠군. 혹시 자네는 짐작 가는 것이라도 있나?"

"내가 천중신군에 피해를 입혔기 때문이 아니겠소?"

철장신개는 고개를 절레절레 가로저었다.

"아냐. 그것은 천중신군이 자네를 추적하는 과정에서 벌어진 일이기 때문에 순서가 다르네. 더구나 천존은 일개 무간자를 잡기 위해서 삼 년 전부터 대천색령을 발동했네. 그것은 어떻게 설명할 텐가?"

그의 말마따나 일개 무간자를 잡으려고 대천색령을 두 차례나 발동하고, 또 거기에 들이는 공을 생각하면 천존이 태무악을 중요하게 여기는 이유가 분명히 따로 있을 것이다.

한동안 몇 사람이 서로의 추측이나 가설을 이야기하다가 다시 잠잠해졌다.

이윽고 삼풍호개가 진중한 목소리로 철장신개를 불렀다.

"사부님."

철장신개가 반천루까지 와서 볼 것 보고 만날 사람을 만났으니 이제 결정을 내리라는 뜻이다.

태무악이나 삼풍호개는 철장신개에게 천존의 죄악에 대해

서 일일이 설명하지 않았다.

그런 것에 대해서는 무림의 어느 누구보다도 철장신개가 많이, 그리고 잘 알고 있을 것이기 때문이다.

그러므로 오히려 그가 태무악 등이 모르고 있는 천존의 죄상을 설명해 줘야 할 상황이다.

철장신개는 백운관 주루에서 태무악과 대화를 나눈 직후에 태무악과 손을 잡는 쪽으로 많이 기울어진 상태였다.

그리고 반천루를 직접 눈으로 보고 단현림, 우무평 등을 만나보고는 비로소 마음을 굳혔다.

모두들 철장신개를 주시하고 있는 가운데 이윽고 그가 진중한 표정으로 말문을 열었다.

"나, 늙은 거지와 개방도 이 시각부터 자네의 배에 타도록 하겠네."

그러자 삼풍호개가 환한 얼굴로 손뼉을 쳤다.

"잘 생각하셨습니다, 사부님!"

철장신개가 말을 잇기 전에 조용히 하라는 눈짓을 슬쩍 보내자 삼풍호개는 찔끔하여 목을 움츠렸다.

"천존이 무림 전체를 자신의 소유물처럼 생각하여 폭정을 일삼기 때문에 그를 무림에서 축출해야 한다는 점에서 나는 전적으로 동의하네."

그것은 철장신개가 오래전부터 생각하고 있던 사실이다. 다만 그럴 기회가 없었을 뿐이다.

"그러나 내가 자네와 손을 잡는 것은 자네에게 천존을 대적할 만한 능력이 있기 때문이 아닐세."

그의 말은 오랜 경험과 연륜에서 나오는 것이다.

"나는 자네를 하나의 작은 불씨라고 생각하네. 그 불씨를 잘 키우면 장차 거대한 불길이 되어 천존과 천중신군을 모조리 태울 수 있을 것이라고 기대하고 있네. 비록 그 가능성이 일 할뿐이라고 해도, 나머지 구 할을 주위 사람들이 메우도록 해야겠지."

*　　　*　　　*

늦게까지 환자들을 치료하다가 자정이 넘어서야 겨우 잠자리에 든 화운성이 막 잠이 들었을 때 귀에 익은 목소리가 그를 깨웠다.

"대공, 속하 중현(仲玄)입니다."

화운성은 반듯하게 누운 자세에서 눈을 뜬 후에 몇 차례 깜빡거렸다.

중현은 웬만한 일로는 사부의 곁을 떠나지 않는데 북경성에까지 왔다는 것은 무슨 중대한 일이 벌어졌다는 뜻이다.

그렇지만 화운성은 서두르지 않고 천천히 옷을 입고 방을 나와 무령원의 뒤뜰로 향했다.

초겨울의 앙상하게 마른 나뭇가지 끝에 걸려 있는 조각달이 흐릿한 빛을 뿌리고 있는 뒤뜰은 깊은 잠에 빠져 있는 듯 고요했다.

화운성은 걸음을 멈추고 덩굴과 이끼가 누렇게 말라붙은 담을 쳐다보며 입을 열었다.

"나를 용케 찾아냈군."

그가 쳐다보고 있는 담은 그저 누런색일 뿐, 사람의 모습은 보이지 않았다.

스으.

그때 담의 한 부분이 이지러지면서 흐릿하게 사람의 형상을 갖추는 것 같더니, 곧 한 사람이 화운성을 향해 미끄러지듯이 다가왔다.

그 광경은 마치 담 속에서 사람이 솟아 나오는 것 같았다.

더구나 그의 두 발은 땅에서 반 자가량 뜨고 뻣뻣한 상태에서 전혀 움직이지 않고 미끄러지듯이 이동하고 있었다.

그 사람은 초로의 나이에 세속을 초월한 듯 혹은 고고한 기상의 학자인 듯 탈속한 모습을 하고 있었다.

또한 무기를 지니지 않고 하나의 섭선을 쥐고 있어서 그런 느낌이 배가되었다.

초로인은 화운성 앞 반 장 거리에 멈추고는 포권을 하면서 공손히 허리를 굽혔다.

"대공을 뵈옵니다."

"무슨 일인가?"

화운성의 물음에 중현이 문득 어두운 낯빛을 했다.

"아가씨께서 실종되셨습니다."

"옥(玉)이가 실종?"

화운성의 얼굴 가득 놀라움과 당혹함이 떠올랐다.

중현은 그가 지금처럼 놀라는 모습을 처음 본다. 그래서 더 마음이 아렸다.

"어떻게 된 일인지 소상히 설명해 보게."

평소의 화운성답지 않게 목소리가 조금 커졌다.

"실종이라기보다는 가출에 가깝습니다."

"이번에는 가출이라고?"

"아가씨께서 어르신께 이제 그만 대공을 돌아오게 해달라고 부탁했다가 거절당하신 후 잠시 마을에 다녀오겠다며 나가서서는 돌아오지 않으셨습니다."

"그렇다면 옥이는……."

화운성의 표정이 착잡하게 변했다.

"아무래도 직접 대공을 찾으려고 가출을 하신 것 같습니다."

"그런 무모한 짓을……."

화운성의 얼굴에 걱정이 두텁게 드리워졌다.

조금 전까지만 해도 피로가 온몸을 엄습했는데 지금은 머릿속의 뇌가 얼어버리는 것처럼 차가웠다.

"사부님께선 어떤 조치를 취하셨는가?"

"속하를 비롯하여 사천절대, 오천절대, 육천절대에게 아가씨를 찾아오도록 명령하셨습니다."

화운성의 눈썹이 역팔자로 꺾였다.

"고작 그 정도로 어떻게 옥아를 찾는단 말인가? 대천색령이라도 발동을 해야지."

중현이 난색을 표했다.

"대천색령은 신풍혈수를 잡기 위해서 이미 발동되어 있는 상황이라서 곤란합니다."

"그게 아니야. 사부님께선 가족이 세상에 알려지게 될까 봐 그것을 꺼려하시는 게야."

"그것은……."

말끝을 흐리는 중현의 표정은 화운성의 말에 공감을 하고 있었다.

"옥이가 가출한 지 얼마나 됐나?"

화운성은 화제를 바꾸었다. 사부의 결정을 번복하는 것은 불가능한 일이다.

또한 제자가 사부에 대해서 이렇다 저렇다 평가하는 것도 불경한 일이다.

"오늘로 엿새째입니다."

겨우 평온을 찾았던 화운성의 감정이 또다시 들끓었고, 그것이 얼굴에 그대로 나타났다.

"으음! 엿새가 지났는데도 옥이를 찾지 못하고 변변한 조치도 취하지 않고 있다니…….."

옥이에게 무슨 일이 생기면 제일 속을 끓일 사람은 부모도, 조부도 아닌 바로 화운성이다.

화운성과 옥이는 피 한 방울 섞이지 않은 남이지만, 세상에는 피붙이보다 더 살가운 타인이 더 많은 법이다. 바로 화운성이 그런 사람이다.

화운성은 냉정한 표정을 지었다.

"자네들은 몇 명의 수하로 옥이를 찾고 있는가?"

"속하와 사, 오, 육천절대는 휘하를 모두 이끌고 나왔습니다. 그래 봐야 사백 명이지만…….."

화운성은 천령구위 중에서 삼천절대인 중현을 가장 신뢰하고 있다.

그는 수하라기보다는 가족 같은 사람이다. 화운성과 옥, 중현 세 사람은 타인이면서도 피붙이보다 더 끈끈한 유대를 오래전부터 맺어오고 있는 중이다.

"음! 고작 사백 명으로 이 넓은 천하에서 어떻게 옥이를 찾는다고……."

화운성은 신음을 흘렸다.

천령위들의 무공은 절정의 수준이다. 하지만 사람을 찾는 일은 무공으로 하는 것이 아니라 원활한 정보망과 많은 인원이 필요한 것이다.

"내가 어디에 있는 줄 알고 날 찾아서 험난한 중원으로 나왔단 말인가."

이 년 전에 화운성은 사문을 떠나면서 중현에게 옥이를 잘 부탁한다고 당부했다.

그런데도 화운성은 중현을 나무라지 않고 있다. 중현 입장에서는 차라리 호되게 꾸지람이라도 들으면 마음이 조금쯤은 가벼울 터이다.

그런데 화운성은 조바심을 내고 천존의 조치를 못마땅하게 여기면서도 끝내 중현을 나무라지 않고 있어서 그의 죄스러운 마음은 눈덩이처럼 커져만 갔다.

"태상사사자를 만나야겠다."

옥이의 안위가 무엇보다도 걱정이 된 화운성이 끝내 넘지 말아야 할 선을 넘으려 하고 있다.

"안 됩니다, 대공."

"어째서 안 되는가?"

옥이의 가출 때문에 심지 깊고 침착하기로 유명한 화운성은 조금씩 이성을 잃어가고 있었다.

"태상사사자는 대천색령을 지휘하고 있습니다."

그 말에 화운성이 조금 발끈했다.

"설마 사부님에겐 신풍혈수를 잡아들이는 일이 손녀를 찾는 일보다 중요하다는 말인가?"

중현은 약간 고개를 숙이고 잠시 침묵을 지키다가 이윽고 고개를 들고 뭔가 결심한 듯 입을 열었다.

"그렇습니다. 어르신께서는 신풍혈수에게 모든 것을 걸고 계십니다."

화운성이 짙은 눈썹이 살짝 찌푸려졌다.

"신풍혈수를 잡아들이는 일이 아니라 신풍혈수에게 모든 것을 걸고 계신다고?"

"그렇습니다."

"그 말은… 사부님에겐 옥이보다 신풍혈수가 더 중요한 존재라는 뜻으로 들리는군."

"사실입니다."

화운성은 자신의 귀를 의심했다. 평소 사부가 가족에게 냉정하기는 하지만 그 정도까지는 아닐 것이라고 생각했다.

하지만 중현은 사부를 최측근에서 모시는 천령구위의 한 사람이다.

그가 사부의 의중을 모른다는 것은 말이 되지 않으며, 또한 그가 거짓말을 할 리가 없다.

"이익!"

화운성의 악다문 어금니 사이로 신음인지 고함인지 모를 소리가 새어 나왔다.

그리고 그가 주먹을 꽉 움켜쥐고 허공을 한차례 거세게 휘젓자 날카로운 바람 소리가 일었다.

중현은 착잡한 표정으로 자신이 가장 좋아하고 존경하는 청년의 분노와 고뇌를 지켜보았다.

그는 화운성이 다섯 살 어린 나이에 사문에 들어왔을 때부터 줄곧 지켜보고 또 보살펴 왔지만 그가 지금처럼 분노하는 것을 처음 보았다.

하지만 중현은 알고 있다. 화운성의 분노는, 아니, 겉으로 드러내는 분노는 그다지 길지 않을 것이다. 그는 능히 자신의 감정을 다스릴 줄 아는 사람이기 때문이다.

"중현, 사부님께서 신풍혈수를 중요하게 여기는 이유를 알고 있는가?"

화운성의 냉랭한 물음에 중현의 얼굴에 올 것이 왔다는 듯한 표정이 찰나지간 스쳐 지나갔다.

그러나 갈등하지는 않았다. 언젠가는 화운성도 그 비밀을 알게 될 것이기에 그 시기를 조금 앞당기는 것뿐이라고 스스로 자위했다.

“압니다.”

그런데도 중현의 목소리는 거북이 등처럼 갈라져서 나왔다.

“무엇인가?”

화운성은 눈도 깜빡이지 않고 중현을 똑바로 주시했다. 그는 자신이 지금 묻는 것에 대해서 사부가 중현뿐 아니라 천령구위 모두에게 함구령을 내렸을 것이라고 짐작했다.

그런데도 물었다. 그만큼 절박하기 때문이다. 그리고 중현이 대답해 줄 것이라고 믿었다.

중현은 몹시 말하기 힘겨운 듯 몇 번이고 입술을 달싹거리다가 결국 입을 열었다.

“신풍혈수는… 전설의 오행신체입니다.”

그렇게 말하고는 조심스럽게 화운성의 얼굴을 살폈다.

그 순간 화운성은 뜨겁게 달군 인두가 심장에 깊숙이 꽂힌 듯한 표정을 지었다.

중현은 조금 전에 화운성이 분노하는 것을 처음 보았는데, 지금은 그가 이처럼 경악하는 것을 처음 보았다.

제아무리 자타가 공인하는 학문의 천재이며 또한 무공의 귀재인 천풍대공 화운성이라고 해도, 신풍혈수가 전설의 오행신체라는 사실과, 그래서 사부가 그토록 신풍혈수를 중요하게 여긴다는 사실을 알고서는 경악하지 않을 재간이 없을 터이다.

화운성의 놀라움은 옥이가 가출했다는 사실을 알았을 때보다 더 컸고, 더 길었다.

그러나 놀라움만 있는 것이 아니다. 그 뒤를 깨달음이 따랐으며, 마지막에는 자신이 어떤 행동을 취해야 할지 방법이 떠올라 주었다.

화운성의 얼굴은 어느덧 평소처럼, 아니, 평소보다는 약간 냉정한 표정으로 되돌아와 있었다.

"중현, 무라새(無羅塞)를 이용할 수는 없겠지?"

"그렇습니다. 무라새는 어르신의 직속이라 윤허없이 이용하는 것은 불가능합니다. 또한 무라새는 신풍혈수를 찾는 일에 전력을 기울이고 있습니다."

"신풍혈수, 신풍혈수… 사부님은 오직 그자 생각뿐이로군."

화운성은 슬쩍 미간을 좁혔다.

무라새는 천존 직속의 조직으로, 정보 수집과 천중신군 수백 개 조직들에 대한 감찰을 전문으로 한다.

화운성은 팔짱을 끼고 밤하늘을 올려다보는데 옥이에 대한 걱정으로 얼굴에 수심이 짙게 깔렸다.

"그렇다면 무림제일정보망인 개방을 이용하여 옥이를 찾아내는 수밖에 없겠군."

"대공, 신분을 드러낼 생각이십니까?"

"그렇게 하지 않으려고 노력하겠지만 어쩔 수 없는 상황에서는 그래야만 하겠지."

중현은 화운성의 의지가 확고하다는 것을 알고 더 이상 만류할 수 없다고 생각했다.

사실 그는 가슴 밑바닥에 꾹꾹 눌러두고 있는 비밀 하나를 아직 누구에게도 내보인 적이 없었다.

십오 년 전에 천령구위는 천존의 밀명을 받고 천하로 뿔뿔이 흩어진 일이 있었다.

하늘의 별자리를 살피던 천존이 전설의 오행신체가 현세에 도래했음을 알아내고는 천령구위에게 오행신체를 찾아서 데려오라는 밀명을 내린 것이다.

천령구위는 삼 년여 동안 천하를 헤맸고, 마침내 삼천절대인 중현이 강서성 파양현 벽라촌이라는 곳에서 세 살짜리 오행신체를 발견하여 수하들로 하여금 청은장 일가를 몰살시키도록 하고 오행신체를 천존에게 데려갔던 것이다.

만약 그 당시에 중현이 오행신체를 발견하지 않았더라면, 아니, 발견했더라도 천존에게 데려가지 않았다면 오늘날 이 같은 일은 벌어지지 않았을 것이고, 천존 또한 오행신체를 이용하여 자신의 못다 한 대계(大計)를 이루려는 야망도 품지 않았을 것이다.

'내 탓이다.'

중현은 착잡한 얼굴로 내심 중얼거렸다.

第八十二章

애련(哀戀)

대무신
大武神

다음날 늦은 아침.

북경성 외성(外城)에 있는 선농단, 즉 개방 총타.

방주의 거처에 태무악과 우란, 삼풍호개, 철장신개, 그리고 개방의 세 장로인 개방삼죽로(丐幇三竹老)가 모여서 대화를 하고 있는 중이다.

개방삼죽로는 모두 철장신개보다 나이가 많다. 원래 철장신개는 네 명의 사형제 중에서 막내였는데, 세 사형이 여러 면에서 자신들보다 월등히 뛰어난 막내 사제를 적극 밀어서 방주에 오를 수 있게 했던 것이다.

“휴우, 그럼 이것으로 일단 정리가 다 된 것이군요.”

긴장해 있던 삼풍호개가 지저분한 소매로 이마의 땀을 닦으면서 한숨을 토해냈다. 그의 얼굴에는 한시름 덜었다는 표정이 역력했다.

철장신개가 그의 말을 정정했다.

“다 되다니, 이제 시작일 뿐이다.”

“헤헤, 제 말인즉, 시작이 다 됐다는 뜻이죠.”

중인은 몹시 낡고 여기저기 이가 빠진 커다란 탁자 둘레에 앉아 있고, 우란이 태무악 뒤에, 삼풍호개는 철장신개 뒤에 서 있었다.

동이 트기 전의 새벽녘에 반천루에서 철장신개와 헤어진 태무악과 우란은 일단 북경성 상금네 집으로 돌아갔다가 아침 일찍 이곳으로 왔다.

철장신개, 개방삼죽로와 몇 가지 긴밀하게 상의를 하기 위해서이고, 방금 전에 결론을 맺었다.

상의한 내용인즉, 어떻게 하면 반천루의 세력을 단시일 내에 늘릴 수 있느냐는 것이다.

그래서 한 시진여의 치열한 갑론을박 끝에 몇 가지 결론이 내려졌다.

첫째, 백호사자의 동원령 당사자인 구대문파를 설득하여 반천루로 끌어들인다.

둘째, 천추부림에 가입한 방, 문파들을 개별로 은밀하게 접촉하여 반천루로 끌어들인다.

셋째, 무림에서 의협심과 정의심이 강한 인물들의 명단을 작성하여 그들을 반천루로 영입한다, 라는 세 가지 방안을 세운 것이다.

그 세 가지 일을 개방삼죽로가 하나씩 맡아서 진행하기로 했다.

철장신개가 태무악을 보면서 어떠냐는 듯 물었다.

"우선 이 정도면 되지 않겠나? 이제 세력이 모아지는 과정을 봐가면서 어떻게 천중신군을 상대할 것인지 차츰 생각하기로 하세."

태무악이 묵묵히 고개를 끄덕이자 삼풍호개가 사부의 말을 받았다.

"그런데 태 형, 앞으로 반천루의 일이 크게 둘로 나뉘어지지 않겠나? 천하제일기루와 무림군웅으로 말이야."

태무악이 쳐다보자 삼풍호개은 어깨를 으쓱해 보였다.

"그러니까 혼동을 막기 위해서 반천루를 둘로 분리하는 것은 어떻겠나?"

"어떻게 말인가?"

"기루는 반천루, 무림군웅 쪽은 반천성(反天城). 어떤가?"

삼풍호개는 객쩍은 소리를 해놓고는 아무도 반응을 보이지 않자 머쓱해했다.

"아니면 말고."

그러자 태무악이 고개를 끄덕였다.

"그게 좋겠군. 이제부터 그렇게 하지."

"엥?"

태무악은 철장신개를 보며 조용히 말했다.

"이제부터는 세력을 모으는 쪽을 반천성이라고 합시다. 필요하다면 새로운 장소에 건물을 새로 지어도 좋소. 방주께서 알아보시오."

"알겠네."

삼풍호개는 자신의 의견을 태무악이 받아들이고 또 그것을 사부마저 인정하자 날아오를 듯이 기뻤다.

그때 태무악이 잠시 생각하다가 철장신개에게 물었다.

"천중신군의 세력이 모두 얼마나 되는지 알고 있소?"

철장신개는 씁쓸하게 고개를 가로저었다.

"대략 얼마라는 것조차도 모르네."

"천중신군에 매월 금화 사천오백만 냥 정도가 든다고 하는데, 너무 많다고 생각하지 않소?"

태무악은 별로 기대하지 않고 물었는데 뜻밖에도 철장신개는 명쾌한 대답을 내놓았다.

"천중신군에 드는 비용은 매월 천오백만 냥 정도일세. 나머지 삼천만 냥은 다른 곳에 쓰이고 있지."

"그게 어디요?"

철장신개는 손가락으로 서쪽을 가리키며 짧게 대답했다.

"황궁일세."

"황궁?"

태무악이 예상하던 것과는 전혀 뜻밖의 말이어서 그는 호기심을 보였다.

철장신개는 고개를 끄덕였다.

"천존이 금화 삼천만 냥씩을 매월 황궁에 보내고 있는 것을 작년에 확인했네. 그 돈으로 당금 황제 이하 황족들과 수많은 고관대작들이 배를 채우고, 더러는 자금성 내의 동창과 서창, 그리고 북경성을 수비하는 오군도독부와 황군을 총괄하고 있는 대도독부에도 쓰인다고 하더군."

비로소 금화 사천오백만 냥의 비밀이 풀리자 태무악은 오히려 맥이 풀렸다.

기대했던 것하고는 전혀 판이한 쪽으로 나머지 돈이 쓰이고 있었기 때문이다.

그런데 철장신개가 뜻밖의 얘기를 꺼냈다.

"선황(先皇)인 선덕제께서는 보기 드문 성군(聖君)이셨네. 그 시절에는 온 천하가 태평성대를 누리면서 모든 백성이 배불리 먹고 잘살았지."

태무악이 선덕제에 대해서 기억하는 것은, 그가 무간옥을 탈출하여 처절하게 도주를 하고 있을 때 선덕제가 급사를 했으며 동생인 한왕(漢王) 주고후가 황위에 올라 정통제(正統帝)가 됐다는 정도다.

철장신개의 설명이 이어졌다.

"그러나 무림만은 예외였네. 무림에는 선덕제의 손길이 미치지 못했지."

"천존 때문이오?"

"그렇네. 선덕제께서는 수시로 황궁 고수들, 즉 동창과 서창의 고수들을 무림에 내보내서 무림이 어떻게 돌아가고 있는지 살피도록 했네. 하지만 동창과 서창의 고수들이 선덕제에게 보고하는 내용은 언제나 똑같았네. 무림이 겉으로는 평온한 것 같지만 실상은 천존에 의해서 지배되고 있으며, 또 무고한 수많은 무림인들이 천존의 눈 밖에 나서 죽임을 당한다는 내용이었네."

천하는 명나라의 황제인 선덕제가 통치하지만, 무림은 무림의 황제인 천존이 통치를 하고 있는 것이다.

마침내 선덕제는 결단을 내렸다. 천존에게 영원히 무림에서 물러나라는 황명을 내린 것이다.

그러나 천존은 요지부동, 끄떡도 하지 않았다. 어디 할 테면 해보라는 식이었다.

진노한 선덕제는 동창과 서창의 고수 이천 명과 오군도독부 십오만 명, 황군 삼십만 명을 동원하여 천존을 잡아들이라는 체포령, 즉 황명을 내렸다.

천존이 무림의 황제를 자처하면서 막강한 영향력을 발휘하고 있으나 대륙의 천자(天子)인 황제와 정면으로 대결을 벌일 수는 없는 일이다.

황제에게는 백만 황군과 천하 주요 지역에 설치된 십삼포정사(十三布政司)에 주둔하고 있는 육십만 군사가 있다.

그뿐인가? 대도독부와 오군도독부의 금군(禁軍) 삼십만에 동창과 서창의 황궁 고수들, 황족들이 양성하고 있는 사병(私兵) 수십만 명까지 합치면 그 수는 가히 어마어마하다.

제아무리 천존이라고 해도 황제를 상대로 싸우는 것은 어리석은 행위다.

수백만 군사들은 차치하더라도 황제가 통치하는 대륙에서 황제를 거역하고서는 살아남을 수가 없다.

천하만민 백성들이 역적시할 것이고, 절대다수의 무림인들 또한 더 이상 천존을 존경하거나 따르지 않을 것이며, 심지어 천중신군 내에서도 이탈자가 속출할 것이다.

설마 그럴 리가 있겠는가 싶겠지만, 사실이다. 이 땅의 주인은 황제이기 때문이다.

"그런 절박한 시기에 갑자기 선덕제께서 붕어(崩御)하셨네.

황궁에서의 발표에 의하면, 급사를 하셨다더군."

철장신개의 목소리는 우울했고 표정은 씁쓸했다.

"황제가 천존더러 영원히 무림에서 물러나라는 황명을 내린 직후의 급사라니… 뭔가 이상하군."

태무악이 중얼거리자 철장신개가 말을 받았다.

"선덕제께서 졸지에 붕어하시자 대부분의 황족이나 중신들은 선덕제의 금지옥엽인 운영공주에게 황위를 이어받게 하여 명조 최초의 여황(女皇)을 탄생시키자고 중론을 모았다고 하네."

철장신개의 얼굴에 그늘이 깔렸다.

"그런데 운영공주께서 갑자기 연기처럼 사라지고 말았네. 실종이지. 나중에 알아보니까 선덕제께서 급사하신 날 밤에 의문의 실종을 당하셨더군."

"급사는 무슨 얼어죽을 급사고, 실종은 무슨 헛소리! 천존이 선덕제와 운영공주를 죽인 게지! 그 후에 오래지 않아서 우리가 그런 사실들을 알아내지 않았었소?"

개방삼죽로의 첫째인 백죽노개(白竹老丐)가 흰 수염을 떨면서 소리쳤다.

그 말에 태무악은 눈살을 찌푸렸다.

"천존이 황제와 공주를?"

철장신개가 무거운 어조로 말했다.

"그 이후는 일사천리로 일이 진행되어 선덕제의 동생들 중에서 주고후가 황위에 올라 정통제가 되었지."

원래 강골에 불의와 타협을 할 줄 모르는 성격인 백죽노개가 씹어뱉는 듯한 목소리로 말을 받았다.

"그 직후, 주고후는 운영공주의 실종을 문제삼는 황족이나 충신들을 깡그리 참수했고, 그 삼족을 멸했으며, 선덕제에 충성하던 충신과 장군들마저 모조리 잡아들여 죽였지. 그 수가 무려 만여 명에 달했네."

철장신개와 백죽노개가 말을 주거니 받거니 했다.

"그 이후에는 주고후를 몰아내려는 계획을 은밀하게 추진하던 비밀 세력이 발각되어 풍비박산됐으며, 그 사건으로 삼만 명이 떼죽음을 당했고, 살아남은 일부는 어둠 속으로 숨어들었다네."

백죽노개가 태무악을 똑바로 주시하며 진중한 목소리로 바꾸어 말했다.

"이제 자네는 한 집안 식구가 됐으니 그것에 대해서 알 자격이 있네."

철장신개는 가볍게 놀라는 표정을 지었으나 백죽노개를 말리지는 않았다.

"주고후를 몰아내려는 세력에는 무림인들도 깊이 개입해 있었는데, 우리 개방과 청성파, 점창파 등이 참여했네."

이것은 무림에는 추호도 알려지지 않은 비사(秘事)지만 태무악은 자신과 관계가 없기 때문에 표정의 변화 없이 묵묵히 듣기만 했다.

"그 비밀 조직을 복황련(復皇聯)이라고 하는데, 우리가 그 일을 추진했기 때문에 천존과 주고후가 깊이 결탁하고 있다는 사실을 알아낼 수 있었던 걸세."

삼풍호개는 처음 알게 된 사실에 눈을 크게 뜨고 입도 벌린 채 놀란 얼굴로 귀를 기울이고 있었다.

"우리가 알아낸 바에 의하면, 천존은 은밀하게 주고후와 내통하여 역모를 계획하는 과정에서 황궁 내 동창과 서창, 대도독, 오군도독 등을 포섭했으며, 사건 당일 회명부가 황궁에 잠입하여 선덕제와 황후, 운영공주를 시해했고, 추혈각과 척신대가 자금성에 머물고 있던 황제 일족과 금위사, 시녀, 내시들 수백 명을 살해한 것일세."

문득 태무악이 냉정한 목소리로 백죽노개의 말을 잘랐다.

"우리가 상대할 적이 천존과 천중신군인 줄 알았는데, 이제 보니 황궁과 명나라까지 포함된다는 것이오?"

철장신개가 고개를 끄덕였다.

"이를테면 그렇네."

태무악은 검미를 찌푸리며 잠시 생각에 잠겼다. 그는 천존을 죽이고, 십오 년 전에 청은장을 멸문시켰던 자들을 색출하여 죽이면 복수를 완수하는 것이다.

그런데 거대한 천중신군으로도 모자라서 황궁과 명나라 전체까지 적으로 삼아야 하다니, 그렇게 해서는 죽을 때까지 복수를 할 수 없을 것이라는 생각이 들었다.

그는 무림의 평화니 정의 같은 것에는 추호도 관심이 없고 말려들기도 싫다.

얼마나 많은 무림인과 방, 문파들이 천존에게 죽임을 당하고 멸문을 당했는지, 또 앞으로 천존은 얼마나 많은 숨은 악행을 저지를 것인지에 대해서도 알 바가 아니다.

오로지 자신의 복수만 하면 그만인 것이다.

하지만 태무악 혼자서는 천존하고 마주 서는 것은 고사하고 그가 어디에 있는지 알아내는 것조차 요원한 일이다.

그래서 어쩔 수 없이 반천존(反天尊)을 추구하는 여러 사람들과 손을 잡았으나 일이 쉬워지기는커녕 오히려 이것은 산 넘어 또 산이다.

태무악의 그런 마음을 헤아렸는지 철장신개가 빙그레 미소를 지었다.

"너무 염려 말게. 황궁의 일만 잘 해결되면 우리가 황군을 적으로 삼는 일은 없을 걸세."

그는 알 수 없는 말을 했으나 태무악은 궁금하지 않았고, 철장신개도 더 이상 설명하려 들지 않았다.

다만 맞은편 벽을 응시하며 혼잣말처럼 뇌까렸다.

"음! 선덕제의 일점혈육인 주령 운영공주께서 돌아가시지 않았으면 더없이 좋으련만……."

그 말에 태무악의 눈빛이 가볍게 흔들렸다. '주령'이라는 이름이 귀에 꽂힌 것이다.

"운영공주의 이름이 주령이오?"

"그렇네."

"몇 살이오?"

태무악이 왜 갑자기 운영공주에게 관심을 보이는지 궁금하다는 표정으로 철장신개가 대답했다.

"그 당시에 십사 세였으니 살아 계셨으면 지금 십칠 세가 되셨겠지."

태무악은 입을 다물었다. 그는 방금 철장신개가 '주령 운영공주'라고 말했을 때 반사적으로 자신이 알고 있는 주령을 떠올렸다.

천하에는 동명이인이 부지기수로 많지만 태무악은 자신이 알고 있는 주령이 운영공주일지 모른다는 생각이 반사적으로 들었다.

주령과 함께 있던 동안에 그녀에게서 수없이 느꼈던 범상하지 않은 반듯한 언행과 고결한 풍모, 높은 학식 등이 불현듯 떠올랐기 때문이다.

  그 당시에는 주령의 그런 것에 조금도 신경을 쓰지 않았다. 그러나 삼 년 후에 그가 다시 중원에 나와 여러 사람들과 부대끼면서 생활을 하거나 교류를 하는 과정에서 여자들을 경험해 보니 주령 같은 여자는 단 한 명도 없었다.

  그가 만난 여자들 대부분이 아름답고 제 나름대로 교양과 품위, 학식 등을 갖추고는 있으나 주령처럼 완벽한 여자는 보지 못했다.

  일부러 비교를 하려는 것이 아니라, 여자를 보면 자신도 모르게 주령이 생각났으며, '저런 상황에서 주령이었으면 어떻게 했을까?' 하고 불현듯 떠오른 것이다.

  "주령이 살아 있다면 그녀가 운영공주라는 것을 어떻게 알아볼 수 있소?"

  잠시 생각에 잠겼던 태무악이 다시 묻자 철장신개는 주저없이 대답했다.

  "만에 하나 하늘의 도우심으로 운영공주께서 생존해 계시다면, 우선 용모로 알아볼 수 있네. 예전에 나는 운영공주께서 자금성 밖으로 외출을 하시는 광경을 먼발치에서 우연히 목격했는데, 그분의 미모는 가히 하늘이 내린 화용월태요, 절대완미의 그것이었네."

  그는 당시를 회상하는 듯 아련한 표정을 지으며 설명을 이었다.

"생존해 계시면 지금쯤 천하일색의 모습으로 성장하셨겠지. 더구나 외모뿐만 아니라 그분께서 지니신 고귀함과 순결함은 또 어떠한가."

그러더니 곧 씁쓸한 표정을 지었다.

"하긴, 아직 생존해 계시다면 운영공주의 그와 같은 미모는 단박에 천하에 소문이 났을 게야. 그런 아름다움은 주머니 속의 송곳과 같아서 감추려야 감출 수 없는 것이니까."

"입증할 수 있는 것은 외모뿐이오?"

"황족 중 한 분의 말씀에 의하면, 운영공주의 십이 세 생신에 선덕제께서 고귀한 한 쌍의 취봉황잠을 하사하셨다고 하네. 그걸 하사하시면서 선덕제께서 우스개로 '장차 네 남편감을 만나거든 이 중에 취봉잠을 정표로 주어라' 고 말씀하셨다는군."

"……!"

순간 태무악은 불벼락을 맞은 듯한 충격을 받았다.

그 뒤에 철장신개가 뭐라고 설명을 했는데 태무악의 귀에는 한마디도 들어오지 않았다.

운영공주가 한 쌍의 취봉황잠을 지니고 있다는 사실과, '장차 네 남편감을 만나거든 이 중에 취봉잠을 정표로 주어라' 는 말 때문이다.

주령은 한눈에 보기에도 몹시 고귀한 한 쌍의 취봉황잠을 품속에 지니고 있었으며, 이따금 머리를 틀어 올렸을 때 그것을 머리에 꽂기도 했다. 그 광경을 태무악은 두 눈으로 똑똑히 보았다.

그리고 그녀는 헤어지는 자리에서 그중에 취봉잠을 여비에 보태 쓰라면서 태무악에게 주었었다.

조철악은 태무악이 갖고 있는 취봉잠을 보더니 생각할 것도 없다는 듯 '그것은 취봉황잠 중에 취봉잠이며, 여자가 사내에게 정표로 주는 것' 이라는 말을 했었다.

'주령이 운영공주였단 말인가?

태무악의 머릿속에서 커다란 종이 마구 울리는 것 같았다.

주령이 취봉잠을 태무악에게 주었던 순간이 생생하게 떠올랐다.

"악 가, 이것……."

이라고 말하면서 그녀는 자신의 머리에서 선뜻 취봉잠을 뽑아 태무악에게 주었었다.

"은자가 떨어지면 이것을 팔아서 쓰세요."

그때 태무악은 취봉잠을 받아 아무렇게나 품속에 넣고는 홀쩍 말에 올라 떠나려고 했다.

그때 그의 뒤에서 주령의 청아한 목소리가 울려 퍼졌었다.

"악 가, 하늘보다 더 큰 은혜, 죽어도 잊지 않겠어요."

태무악이 쳐다보자 주령은 그를 향해 땅바닥에 무릎을 꿇은 채 고개를 조아리고 있었다.

이제야 알게 되었지만 그녀는 운영공주다.

그러므로 태어나서 황제인 부친을 제외하고는 누구에게도 절을 한 적이 없었을 것이다. 그런 그녀가 태무악에게 큰절을 올렸었다.

그러나 태무악은 그 모습을 보고서도 즉시 말을 돌려 달려 갔으며 뒤에서 찢어지는 듯한 주령의 처절한 외침이 들려왔었 다.

"악 가!"

허공에 고정되어 있는 태무악의 눈초리가 파르르 가늘게 떨 렸다.

지금 이 순간 그는 주령이 사무치게 그리웠다. 그녀가 운영 공주이기 때문이 아니다.

다만 그녀의 그 당시 심정이 어떠했는지를 이제야 조금쯤 알 것 같고, 그로 인해서 태무악 자신도 주령을 많이 좋아하고 있었다는 사실을 깨닫게 된 것이다.

"령아……."

문득 그의 입술 사이로 나직한 중얼거림이 새어 나왔다.

그의 표정이 평소와 다른 것을 유심히 지켜보고 있던 삼풍호개와 철장신개 등은 그가 '령아……' 라고 중얼거리자 움찔 놀라는 표정을 지었다.

눈치 빠른 삼풍호개는 긴장한 표정으로 급히 물었다.

"태 형, 령이라는 것은 누굴 말하는 건가?"

태무악은 퍼뜩 상념에서 깨어나 물끄러미 삼풍호개를 응시하다가 고개를 저었다.

"내가 예전에 알고 있던 계집아이야."

삼풍호개와 철장신개 등은 실망하는 표정을 지었다. 그러다가 무간자였던 태무악이 어떻게 운영공주를 알겠는가 싶은 생각에 실소를 금치 못했다.

태무악은 화제를 바꾸었다.

"주작사자에게 내야 하는 금화 백만 냥은 내가 주겠소."

"정말인가? 야아~! 사부님! 이제 살았습니다!"

그 말에 삼풍호개는 반색했으나 철장신개는 고개를 가로저으며 사양했다.

"개방이 돈을 마련하지 못해서 전전긍긍하고 있다는 사실을 주작사자는 훤히 알고 있을 걸세. 그런 상황에 덜컥 금화 백만 냥을 갖다 바치면 분명히 의심을 할 걸세."

듣고 보니 그의 말이 옳기에 태무악은 더 이상 그 얘기는 꺼내지 않았다.

"가보겠소."

태무악이 일어서자 모두들 따라 일어섰다.

그때 개방 총타주가 긴장된 표정으로 급히 들어와서 철장신개에게 보고했다.

"방주, 천풍대공이 찾아왔습니다."

그러나 처음에 그 말을 제대로 알아들은 사람은 아무도 없었다. 그만큼 '천풍대공' 이라는 호칭은 낯설고도 엄청난 것이었다.

"누구라고?"

총타주의 얼굴이 방금 전보다 더 긴장으로 물들었다.

"천풍대공이 방주를 직접 만나겠다고 찾아왔습니다."

사실 철장신개 등은 '천풍대공' 이 천존의 하나뿐인 제자라는 사실을 너무도 잘 알고 있다.

그런데도 다시 물은 이유는, 천풍대공이 이곳에 찾아올 리가 없기 때문에 총타주가 잘못 말을 했거나 자신들이 잘못 들었을 것이라고 생각한 것이다.

그 순간 모두의 표정이 약속이나 한 듯 극도로 경직되었다.

철장신개는 손가락 하나를 세워 입에 세로로 대고 함구하라는 시늉을 해 보였다.

이 자리에서 천풍대공이 누구인지 모르는 사람은 오직 태무악뿐이었다.

그때 삼풍호개가 천풍대공이 누군지 전음으로 태무악에게 설명을 해주려고 막 입을 열려는 것을 철장신개가 발견했다.

딱!

찰나, 철장신개의 주먹이 삼풍호개의 뒤통수를 호되게 강타했다.

삼풍호개는 뒤통수가 쪼개지고 눈알이 튀어나올 것 같은 고통에 비명이 터져 나오려는 것을 두 손으로 입을 틀어막으며 앞으로 고꾸라져 태무악에게 쓰러졌다.

태무악 품에 안긴 삼풍호개는 자신이 왜 얻어맞았는지를 깨달았다.

절정고수들은 전음까지도 감지하는 능력이 있다. 그런데 천풍대공이 삼풍호개의 전음을 듣게 된다면 별로 좋지 않은 모양새가 되는 것이다.

"어디에… 계시느냐?"

철장신개의 물음에 총타주가 입구 쪽을 가리켰다.

"기다리시라고 했는데……."

그다음 말은 들어보지 않아도 짐작할 수 있다. 천풍대공이 밀고 들어온다는 뜻이다.

저벅저벅.

총타주가 말끝을 흐린 부분이 무엇인지 가르쳐 주기라도 하는 듯 가까운 곳에서 발자국 소리가 들렸다. 발자국 소리로 미루어 천풍대공 혼자인 듯했다.

철장신개와 개방삼죽로는 일제히 태무악을 주시했다. 천풍대공은 천존의 제자이니 신풍혈수의 얼굴을 알아보는 것은 너무도 당연한 일이다.

그렇지만 천풍대공이 이미 들어오고 있는 중이기 때문에 태무악이 다른 곳으로 피할 여유가 없다.

더구나 태무악은 철장신개 등이 무엇 때문에 당황하고 있는지 짐작조차 하지 못한 채 묵묵히 앉아 있을 뿐이다.

천풍대공이 실내에 들어서기만 하면 그것으로 끝장이다. 그렇다고 태무악을 어떻게 할 방법이 있는 것도 아니다.

저벅저벅.

발자국 소리가 입구에서 들려오자 태무악을 제외한 모두의 얼굴에서 핏기가 사라졌다.

第八十三章

적수(敵手)

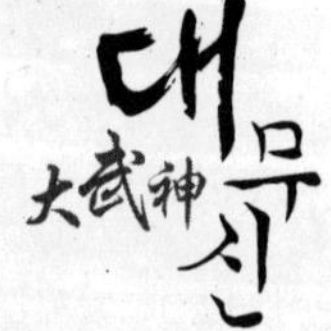

천풍대공은 별호만 알려져 있을 뿐이지 얼굴을 아는 사람은
아무도 없다.

그러므로 그가 스스로 신분을 밝히기 전에는 개방 제자들이
그가 천풍대공인지 알지 못했을 것이다.

이윽고 천풍대공 화운성이 실내로 들어섰다.

"누가 개방 방주요?"

천풍대공 화운성은 들어서자마자 천천히 실내를 둘러보며
조용한 목소리로 입을 열었다.

목소리만으로 그의 성품을 논한다면 필경 그는 다정다감한

사람일 것이다.

"나요. 무슨 일이시오?"

철장신개가 조용히 대답하며 앞으로 한 걸음 나섰다.

실내에 뭐라고 표현할 수 없는 질식할 것 같은 긴장감이 가득 흘렀다.

모두들 긴장된 표정이지만 태무악 혼자 무심한 얼굴로 화운성을 쳐다보았다.

태무악은 화운성에게서 싱그러운 느낌을 받았다. 훤칠한 키에 준수한 용모, 서글서글한 이목구비에 고요하면서도 맑은 눈빛을 지녔으며, 한 번도 죄를 지은 적이 없는 듯 몹시 선한 인상의 소유자였다.

그런데 태무악의 시선을 느꼈는지 마침 화운성도 그에게 시선을 주었다.

순간 철장신개 등은 오금이 저리는 표정을 지었다.

두 사람의 시선이 허공에서 부딪쳤다. 그들은 잠시 동안 서로를 묵묵히 쳐다보기만 했다.

철장신개 등의 시선은 한결같이 화운성의 얼굴에 고정되었다.

표정 변화를 읽으려는 것인데, 어찌 된 일인지 그는 태무악을 보고도 놀라는 기색 없이 줄곧 담담한 표정을 견지하고 있었다.

그때 삼풍호개가 태무악의 팔을 잡고 입구로 이끌었다.

"태 형, 우린 그만 나가세."

이어서 태무악을 강제로 끌고 나가며 철장신개에게 서둘러 인사를 했다.

"사부님, 저 좀 다녀오겠습니다."

화운성은 태무악에게서 시선을 거두고 철장신개를 보며 조용히 말문을 열었다.

"방주, 개인적인 부탁이 하나 있소."

철장신개 등은 화운성이 태무악을 알아보지 못한 것으로 여기고 내심 안도의 한숨을 내쉬었다.

태무악은 영문도 모른 채 삼풍호개에게 밖으로 끌려나왔으나 왜 그러느냐고 묻지 않았다.

오히려 간다는 말도 없이 거리를 향해 숲길을 걸어갔다.

태무악이 천풍대공에 대해서 묻지 않자 오히려 삼풍호개가 입이 근지러워졌다. 그는 급히 태무악을 따라붙으면서 촉새처럼 나불거렸다.

"태 형, 천풍대공이 누군지 알고 있나?"

태무악이 고개를 가로젓자 삼풍호개는 그럴 줄 알았다는 듯한 표정을 짓더니 주위를 살피고 나서 태무악의 귀에 대고 나직이 속삭였다.

"천풍대공은 천존의 하나뿐인 제자일세."

"……!"

순간 태무악은 걸음을 뚝 멈추고 삼풍호개를 쳐다보았다. 입은 열지 않았으나 그의 표정은 '그게 정말이냐? 고 묻고 있었다.

삼풍호개는 자신의 말발이 먹혔다는 사실에 흡족하게 미소 지으며 고개를 끄덕였다.

"나도 천풍대공을 처음 보지만 딱 보는 순간 이건 대물이다! 하고 뭔가 느낌이 팍……."

그는 태무악이 개방 총타인 선농단 쪽으로 걸어가는 것을 보고 말끝을 흐리며 급히 따라갔다.

"태 형, 어디 가?"

그가 대답없이 빠르게 걸어가자 삼풍호개는 불길한 생각에 더럭 겁이 났다.

'저 친구, 또 무슨 짓을 저지르려고?'

그리고는 자신이 주책 맞게 천풍대공에 대해서 나불거렸던 것을 크게 후회했다.

그 순간 그는 한 가지 사실을 더 깨달았다. 자신이 방금 한 말을 총타 안의 천풍대공이 들었을 것이라는 사실이다.

'이런… 둔패기!'

그는 주먹으로 제 머리를 세게 때렸다.

그런데 태무악은 선농단 총타 입구를 오 장여 남겨놓은 곳에서 걸음을 멈추고는 삼풍호개를 돌아보더니 손짓을 해 보였다.

그 손짓이 '천풍대공이 나오면 내가 미행할 것이다' 라는 뜻으로 알아들은 삼풍호개는 화들짝 놀라 그만두라고 두 팔을 휘이휘이 내저었다.

하지만 태무악은 총타 입구로 빠르게 다가갔다. 지금까지와는 달리 매우 민첩한 동작이고, 낙엽이 수북하게 쌓인 바닥에 두 발이 조금도 닿지 않았다.

총타 입구를 지키고 있는 두 명의 개방 제자가 태무악이 다가오는 것을 보고 예의를 갖추려고 자세를 바로잡는 것을 보고 뒤따르는 삼풍호개가 다급히 손을 내저으며 하지 못하게 했다.

태무악은 총타 입구 맞은편 삼 장 거리에 있는 제단 뒤쪽으로 몸을 숨겼다.

삼풍호개는 총타 입구를 지키는 개방 제자들에게 별것 아니니까 입을 열지 말라는 손짓을 해 보이고는 태무악이 숨은 제단을 물끄러미 쳐다보았다.

태무악이 어떻게 할 것인지 대충 짐작할 수 있었다. 천풍대공은 천존의 제자니까 천존이 어디에 있는지 당연히 알고 있을 것이다.

그러므로 태무악이 천풍대공을 만난 것은 천존이 있는 곳을 알아낼 수 있는 천재일우의 기회이다.

태무악은 무슨 수를 써서라도 이 기회를 헛되게 하려 들지 않을 것이다.

천풍대공을 미행하는 행동은 위험천만한 일이지만 미행자는 다름 아닌 태무악이다.

그라면 제 몸 하나는 알아서 잘 지킬 것이고, 운이 따라준다면 뭔가 성과를 올릴 수 있을지도 모른다고 삼풍호개는 생각했다.

삼풍호개는 제단에서 시선을 거두어 잠시 후에 천풍대공이 향할 것으로 예상하는 거리 쪽으로 바삐 걸어갔다.

아니, 얼마쯤 걸어가다가 총타가 멀어지자 거기부터는 경공을 전개하여 쏘아갔다.

태무악은 제단 뒤에 몸을 감춘 상태에서 귀식대법을 전개하여 호흡은 물론 맥박과 혈류의 흐름까지 완전히 멈추고 천풍대공을 기다렸다.

그러면서 빠르게 머리를 회전했다.

'이것은 기회다!

천풍대공을 통해서 천존이 있는 곳을 알아낸다면 구태여 반천루나 반천성 같은 것은 필요가 없고, 거기에 시간과 힘을 낭비하지 않아도 된다.

그러다가 문득 그는 한 가지 중요한 사실에 생각이 미쳤다. 지금 천존이 있는 곳을 알아낸다고 해도 자신의 실력으로는 천존을 죽이지 못한다는 사실이다.

그는 현재 태상삼사자 중 한 명하고 일대일로 싸워도 승리를 장담할 수 없을 정도의 실력이다.

일전에 청룡사자를 죽였다고는 하지만 그것은 암습이나 다름이 없는 상황이어서 청룡사자는 실력을 절반도 발휘하지 못했을 것이다.

그러므로 태무악은 자신의 정확한 실력을 아직도 가늠하지 못하고 있다.

'조만간 태상삼사자 중 한 명과 일대일로 겨루어서 정확한 내 실력을 알아봐야겠다.'

그래서 내심 그렇게 생각하고 있을 때 제단 너머 개방 총타 입구에서 철장신개와 개방삼죽로가 천풍대공을 배웅하는 말소리가 두런두런 들렸다.

"꼭 부탁하오, 방주."

그리고는 천풍대공의 당부하는 말이 뒤를 이었다.

이후 한 사람이 낙엽을 밟으면서 걸어가는 규칙적인 발자국 소리가 들렸다.

태무악은 그것이 천풍대공이라고 판단하여 기척없이 제단 끝으로 미끄러져 갔다.

개방 총타를 출발한 화운성은 호방구(虎坊口)를 거쳐서 외성과 내성을 잇는 여러 문 중에 선무문(宣武門)을 지나 내성으로 들어섰다.

늦은 아침이라서 거리에는 오가는 행인이 많았기에 미행하는 태무악을 적절하게 엄폐시켜 주었다.

더구나 태무악은 변체환용비술을 전개하여 누런 얼굴의 병약한 청년의 모습으로 바뀐 모습이기 때문에 화운성에게 발각될 염려가 없었다.

그러나 문제는 그리 오래지 않아서 발생했다. 선무문을 통과하여 일직선으로 뻗은 대로를 걸어가던 화운성이 자금성을 지나자마자 오른쪽으로 꺾어 하화지(荷花池) 다리를 건너자 그처럼 많던 거리에 행인이 뚝 끊어진 것이다.

그곳은 저잣거리와는 달리 고관대작이나 대부호들의 장원이 밀집해 있고 가게 따윈 단 하나도 없는 곳이라서 행인이 없는 것은 당연했다.

그래도 처음에는 멀찌감치 거리를 두고 화운성을 따라갈 수 있었으나 그가 몇 차례 길을 바꾸는 데에도 줄곧 따라가는 것은 곤란했다.

그래서 태무악은 하는 수 없이 무영투공을 전개하여 모습이 보이지 않게 만든 상태에서 미행을 계속했다.

무영투공은 많은 공력을 필요로 하기 때문에 그 상황에서 태무악이 사용할 수 있는 공력은 삼 할뿐이다.

또한 일각 반 정도 무영투공을 지속할 수 있다. 만약 그 시간 안에 화운성이 목적지에 도착하지 않는다면 무영투공이 풀리게 될 것이다.

화운성은 개방 총타를 출발할 때와 다름없는 보폭으로 한차례 오른쪽으로 꺾은 후 동직문을 향해 곧게 뻗은 대로를 걸어갔다.

그때 동직문을 삼백여 장쯤 남겨둔 곳에서 화운성이 왼쪽 골목으로 꺾어져 모습이 보이지 않게 되었다.

삼십여 장 뒤에서 미행하던 태무악은 경공을 전개하여 한 호흡 만에 골목 앞에 도착했다.

순간 그는 가볍게 움찔했다. 골목 안에 화운성의 모습이 보이지 않았기 때문이다.

골목 안쪽은 양쪽 장원이 돌담이 골목 끝까지 길게 연결되어 있고 사람이 들어갈 만한 문이 없었다.

스으으.

그때 어느덧 일각 반의 시각이 다 되어 무영투공이 풀리면서 태무악의 모습이 나타나기 시작했다.

무영투공만이 아니라 변체환용비술도 풀려서 그의 진면목이 드러나고 있었다.

순간 그는 위험을 직감했다. 화운성이 사라진 것이 미행을 눈치챘기 때문이라고 판단한 것이다. 그렇지 않으면 갑자기 골목 안으로 사라질 이유가 없다.

태무악의 모습이 보이지도 않고 기척도 내지 않았는데 어째서 발각됐는지는 지금 이 순간 그다지 중요하지 않다. 화운성에게 덜미를 잡히기 전에 사라지는 것이 중요하다.

그의 모습이 반쯤 나타났을 때 돌연 머리 위에서 천풍대공이 추호의 기척도 없이 우뚝 선 자세로 스르르 느릿하게 하강하고 있었다.

화운성은 발아래에서 모습이 나타나고 있는 태무악의 정수리를 굽어보면서 그를 어디에선가 본 적이 있다는 생각이 들었다.

슷.

그때 태무악의 모습이 그 자리에서 연기처럼 감쪽같이 사라져 버렸다.

그러나 화운성은 조금도 당황하지 않고 골목 안 오른쪽 담을 향해 슬쩍 가볍게 우수를 떨쳤다.

순간 한줄기 경기(勁氣)가 아무런 기척도 없이 담을 향해 놀라운 속도로 뿜어졌다.

퍽!

경기가 담에 적중되면서 둔탁한 음향이 터졌는데도 어찌 된 일인지 담은 말짱했다.

목표로 하는 표적에게만 상해를 입히고 주변의 다른 것들은 건드리지 않는 상승무공이기 때문이다.

그러나 사실 태무악은 오른쪽 담이 아니라 왼쪽 담에 찰싹 달라붙었다.

오른쪽 담으로 가는 것처럼 기척을 흘리면서 왼쪽 담벼락에 은둔술을 사용하여 달라붙은 것이다.

사술이라도 시기적절하게 사용하여 위급한 상황에서 벗어 난다거나 소기의 목적을 이룰 수 있다면 그것이야말로 훌륭한 수법인 것이다.

급류에 빠진 사람이 뭍으로 살아 나오기 위해서 반드시 우아한 헤엄을 쳐야만 하는 것은 아니다.

왼쪽 돌담은 본래의 암갈색에 누렇게 말라붙은 덩굴과 이끼, 그리고 담 위의 기와에는 메마른 낙엽이 수북이 쌓여 있을 뿐, 태무악의 모습은 어디에서도 찾을 수가 없었다. 실로 완벽한 은둔술이다.

화운성은 자신이 방금 적중시킨 오른쪽 담을 쳐다보면서 천천히 골목 안으로 걸어 들어왔다.

그 순간 태무악은 약간 갈등했다. 상대가 천존의 제자이긴 하지만 암습을 해서 제압하고 싶다는 욕구를 느낀 것이다.

제압만 할 수 있으면 무슨 수를 써서라도 천존이 있는 곳을 알아낼 자신이 있다.

또한 천존의 제자쯤 되면 공력이 꽤 심후할 테니 발력채령
술로 공력을 흡수하면 많은 도움이 될 터이다.

그러나 문제는 상대가 ‘천존의 제자’ 라는 움직이지 않는 사
실이다. 그러니 아무리 못해도 태상삼사자보다는 훨씬 고강할
것이다.

정공법으로는 단 일 할의 승산도 없다.

뚝!

그때 화운성이 그가 적중시킨 담벼락과 태무악 사이에서 걸
음을 멈추었다.

그 순간 태무악은 화운성을 암습하기로 결정했다. 하지만
그의 결정은 행동으로 옮겨지지 못했다.

슈욱!

화운성이 걸음을 멈추자마자 태무악 쪽으로 빙글 몸을 돌리
면서 가볍게 소매를 떨쳤기 때문이다.

미풍이 불 듯 부드러운, 그러나 무지하게 쾌속한 한줄기 경
기가 태무악을 향해 곧장 쏘아왔다. 마치 그가 어디에 있는지
뻔히 알고 있는 것처럼 정확했다.

태무악은 오히려 상대가 급습을 가하리라는 것과 자신의 위
치를 이토록 정확하게 간파할 줄은 예상하지 못했다.

하지만 이 정도의 일로 당황하거나 심신이 흐트러지는 경우

는 없다.

그 대신 머릿속으로 이 상황을 어떻게 대응할 것인지 빠르게 생각했다.

자신이 상대보다 공력이 낮을 것이라는 전제하에 대응책을 생각해야만 한다.

화운성이 태무악을 향해 경기를 발출하고, 태무악이 대응책을 생각해 낸 것은 거의 같은 순간에 이루어졌다.

화운성이 발출한 경기는 그리 위력적인 것 같지 않았다. 태무악을 얕잡아본 것이 분명했다. 지금은 그것이 외려 태무악을 돕는 격이 되었다.

두 사람의 거리는 불과 일 장 반. 싸움이 시작되면 일, 이 초식 이내에 승부가 갈릴 것이다.

슉!

태무악은 왼손을 갈고리처럼 구부려 담을 움켜잡으면서 담에서 벼락같이 튀어나갔다.

그의 왼손 손가락이 담을 이루고 있는 돌덩이 하나에 파고들어 가볍게 뽑아냈다.

그는 쏘아가면서 돌덩이를 자신에게 뿜어져 오는 경기를 향해 내던졌다.

돌덩이로써 경기를 와해시키고 그 순간에 적을 공격한다는, 단순하지만 지금 이 상황에서 가장 적절한 계획이다.

펑!

돌덩이는 정통으로 경기를 맞혔다.

그런데 어찌 된 일인지 돌덩이가 부서지기는커녕 말짱했으며, 경기는 여전히 태무악을 향해 쏘아왔다.

경기가 그대로 돌덩이를 투과(透過)해 버린 것이다.

"……!"

그것은 미처 예상하지 못했던 일이다.

결국 태무악은 쏘아오는 경기를 향해 마주 달려드는 형국이 되고 말았다.

호신강기를 일으키는 것도, 흑자검을 뽑아 검기나 검강으로 경기를 쳐내는 것도, 그리고 피하는 것도 늦었다.

경기에 적중될 수밖에 없다면 최대한 몸을 비틀어 싸우는 데 지장이 없는 부위를 내주는 것이 최선이다.

경기가 코앞까지 쇄도하는 것을 보면서 태무악은 왼쪽 어깨를 뒤로 빼면서 오른쪽 어깨를 앞으로 내밀며 오른손으로 흑자검을 뽑았다.

팍!

경기는 왼쪽 어깨를 그리 강하지 않게 두드렸다. 적중되는 순간의 강도(强度)로 미루어 그가 왼쪽 어깨를 뒤로 뺀 것이 주효했다.

어깨를 뒤로 빼면서 경기에 맞았기 때문에 충격을 웬만큼 흡수해 버린 것이다.

그런데 예기치 못한 일이 벌어졌다. 그가 오른쪽 어깨를 앞으로 내밀고, 뒤로 빼던 왼쪽 어깨에 일격을 당했기 때문에 앞으로 쏘아가던 그의 몸이 중심을 잃고 빙글 한 바퀴 회전을 하게 된 것이다.

몸이 회전을 하면서 화운성의 모습이 시야에서 사라졌다. 그것은 순식간에 벌어진 일이다.

'끝장이다!'

순간 태무악의 머릿속이 하얗게 탈색됐다. 일 장 남짓한 거리에서 상대에게 등을 보인 채 중심을 잃었으니 제압을 당하는 것은 불을 보듯 뻔한 일이다.

지금처럼 위급한 상황에서 태무악이 할 수 있는 일은 두 가지뿐이다.

상대가 공격해 올 것을 예상하여 피하는 것과, 그러면서 피해를 최소화시키기 위해 반격을 가하는 것이다.

그는 몸이 반 회전했을 때 번개같이 땅으로 몸을 날려 뒹굴면서 보이지 않는 적을 향해 무려 다섯 개의 추혈표를 번개같이 날렸다.

취리릿!

그런데 어찌 된 일인지 그가 땅바닥을 구르고 있는 동안 상대가 공격을 하는 기척이 감지되지 않았다.

다만 다섯 개의 추혈표가 허공을 가르는 날카로운 파공음만 들릴 뿐이다.

태무악은 땅바닥을 두 바퀴 구른 후에 벌떡 튕겨 일어나면서 화운성이 서 있을 것이라고 짐작되는 위치를 향해 덮쳐 가며 전력으로 광속참을 전개했다.

스파앗!

새카만 흑광이 번뜩이는 순간 반 뼘 남짓한 크기의 먹빛 검강 하나가 화운성의 상체를 향해 뿜어졌다.

"……!"

그 순간 태무악의 눈이 약간 커졌다. 화운성은 태무악이 땅바닥을 구를 때 비단 공격을 하지 않았을 뿐만 아니라, 원래 서 있던 자리에서 한 발자국도 움직이지 않았다는 것을 확인했기 때문이다.

더구나 화운성은 오른손을 뒷짐을 지고 있고, 왼손은 자연스럽게 가슴 높이로 들어 올린 자세인데, 놀랍게도 그의 왼손 손가락 사이에 다섯 개의 추혈표가 모조리 끼워져 있는 것이 아닌가.

평소에 놀란다는 자체를 잘 모르는 태무악이지만, 이 상황에서만큼은 움찔 가볍게 놀랐다.

그렇다고 해서 공격이 주춤한 것은 아니다. 흑자검이 뿜어낸 한 조각의 검강은 어느새 화운성의 가슴 반 자 앞까지 쇄도

하고 있었다.

상황이 어찌 됐든 간에 적을 제압하면 그만이라고 태무악은 생각했다.

그러나 화운성을 미행하고 나서부터 일어나는 여러 가지 일들이 모두 태무악의 예상과 계산을 빗나갔던 것처럼 이번에도 예외가 아니었다.

태무악의 눈앞에서 놀라운 일이 벌어지고 있었다.

검강이 이미 반 자 앞까지 쇄도한 상황에서 화운성이 상체를 비틀기 시작했다.

검강의 속도가 가히 빛살을 방불케 할 정도라는 사실을 감안하면 화운성의 행동은 어리석은 짓이다.

더구나 그는 매우 느리기 짝이 없는 동작으로 상체를 비틀고 있다. 그것은 어리석음을 넘어서 미친 짓이라고밖에는 할 수 없을 터이다.

그런데 어이없게도 그 미친 짓이 먹혔다. 그가 상체를 완전히 비틀 때까지 검강이 기다려 주기라도 한 것처럼 검강은 그의 어깨를 아슬아슬하게 스치듯 지나간 것이다.

빛의 속도로 쏘아가던 검강이 아무런 이유도 없이 갑자기 속도를 늦출 리가 없다.

검강이 속도를 늦추지 않았다면 화운성이 그토록 느린 동작으로 어떻게 피할 수 있었단 말인가.

그러나 그 이유를 태무악은 즉시 깨달았다. 빠름[快]이 그 한 계를 넘어서면 오히려 느리게 보이는 법이다.

그것은 단지 시각적인 착각일 뿐이다. 그런 해석이라면, 화운성은 광속참으로 발출한 검강보다 더 빠른 동작으로 피했다는 뜻이다.

화운성이 검강을 피하려고 상체를 비튼 순간에 태무악은 이미 그의 반 장 거리까지 쇄도하고 있었다.

그처럼 가까운 거리에서는 검강이나 검기를 발출할 수 없는 것이 상식이다.

또한 틀에 박힌 초식이나 위력적인 공세보다는 얼마나 빠른 움직임을 발휘하느냐가 관건이다.

화운성은 뒤쪽으로 상체를 비튼 자세이기 때문에 얼굴을 반쯤 돌리고 있어서 반 장까지 접근한 태무악을 볼 수가 없는 상황이다.

그가 태무악을 능가하는 절정고수라고 해도 태무악의 쾌속한 흑자검을 피하기는 불가능할 것으로 보였다.

키잇!

흑자검이 화운성의 머리 위에서 아래 세로로 그어 내렸다.

얼마나 빠른지 흑자검이 제대로 보이지 않고 흐릿한 검영만 보일 정도다.

더구나 흑자검은 위에서 아래로 그어 내리는 것 같더니 어느새 좌에서 우로, 또 우에서 좌로 한순간에 화운성의 온몸 열두 군데를 향해 찌르고 베어갔다.

그와 동시에 자연스럽게 검막이 형성되어 그가 피할 수 있는 모든 방위를 철저하게 차단했다.

즉, 가만히 있어도 죽고 피해도 죽을 수밖에 없는 절체절명의 순간이다.

그러나 공격이 너무 순조롭게 전개되자 태무악은 오히려 불안한 생각이 들었다.

방금 전에 화운성이 마치 정지된 상황에서의 동작처럼 검강을 피하는 광경을 직접 목격했기 때문이다.

그리고 다음 순간 그 불안함은 현실로 드러났다.

결론적으로 말하면, 화운성은 태무악의 공격을 모조리 다 피해냈다.

그것도 그가 피할 것을 예상하여 쳐놓은 주위의 검막 밖으로 조금도 나가지 않은 상태에서 이루어진 일이다.

화운성이 열두 차례의 공격을 모조리 피한 것을 이론적으로는 설명이 가능하다.

하지만 세상에 존재하는 수많은 이론들은 그저 이론일 뿐이지, 실행할 수 없는 것들이 거의 대부분이다.

화운성이 태무악의 공격을 피한 것이 바로 그렇다. 이론적으로는 가능하지만 실행은 불가능한 일이다.

말하자면 이렇다.

태무악이 열두 차례의 공격을 한꺼번에 발출한 것처럼 보이지만, 실상은 순서대로 발출한 것이다.

인간이 신이 아닌 이상 한 자루 검으로 열두 차례의 공격을 한꺼번에 쏟아낼 수는 없다. 그것이 너무 빨라서 한꺼번에 펼친 것처럼 보이는 것뿐이다.

달리 말하면, 태무악이 차례차례 전개한 열두 번의 공격을 화운성 역시 하나씩 차례차례 피했다는 것이다.

태무악은 그 광경을 눈으로 똑똑히 봤으면서도 믿어지지가 않았다.

만약 그랬다면 이런 상황에서 절대 피하지 못할 것이다.

그렇다면 여기에서 화운성과 태무악의 무공 실력이 극명하게 드러난 셈이다.

화운성은 태상삼사자하고는 비교가 되지 않을 정도의 초절정고수가 분명했다.

후우…….

태무악이 다음 행동에 대해서 미처 생각할 엄두조차 내지 못하고 있을 때 마지막 열두 번째 공격을 피한 화운성이 주먹을 내뻗고 있었다.

화운성의 동작은 하나같이 느리다. 방금 열두 차례 공격을 피할 때도 동작 하나하나가 손에 잡힐 듯이 느렸다.

그러나 그 역시 너무 쾌속해서 느리게 보이는 것뿐이라는 사실을 태무악은 알게 되었다.

화운성이 주먹을 뻗는 동작은 너무 느려서 그것을 피하는 것은 물론이고, 팔을 잘라 버릴 수도 있을 듯했다.

그렇지만 태무악은 화운성의 주먹을 피하지도 자르지도 못했다.

빽!

주먹은 태무악의 가슴 한복판에 정통으로 적중됐다.

슬쩍 건드린 것 같았는데 태무악은 뒤로 붕 날아가 대로상의 땅바닥에 볼썽사납게 나뒹굴었다.

가슴이 쪼개지는 듯한 통증은 삽시간에 온몸으로 퍼져 그를 무기력하게 만들었다.

하지만 통증이나 무기력 따윈 그를 어떻게 하지 못한다. 그런 것들은 이미 오래전에 초월했다.

그는 엎드려서 얼굴을 땅바닥에 묻은 채 움직이지 않았다.

온몸 뼈와 근육이 조각나고 숨이 멎을 것만 같아서 움직일 수가 없다.

그러나 그것은 순간적일 뿐이다. 그 고통은 세 차례 호흡을 하는 사이에 사라졌다. 아니, 사라진 것이 아니라 극복을 했다는 말이 옳다.

이 정도 충격이면 웬만한 일류고수라도 즉사 내지는 중상을 면치 못할 것이다.

그래서 그는 그것에 걸맞게 행동하고 있는 중이다. 실력으로 적을 이기지 못한다면 꼼수라도 사용해야 한다.

화운성의 두 번의 공격에 태무악은 왼쪽 어깨와 가슴 한복판을 적중당했으나 뼈가 부러지지는 않았고, 큰 내상도 입지 않았다.

다른 일류고수라면 온몸이 박살 나서 즉사하거나 중상을 입었겠지만, 오행신체인 태무악은 적중되는 순간 잠깐 동안 충격을 받았을 뿐이다. 오행신체의 골격은 강철처럼 단단하기 때문이다.

다만 장기가 충격을 받아 자리를 약간 이탈했고, 기혈이 심하게 들끓고 있을 뿐이다. 그래서 그는 엎드린 채 그것을 다스리면서 기회를 엿봤다.

승냥이는 호랑이를 이기지 못한다. 그러나 승냥이를 닮은 인간은 호랑이 같은 인간을 이길 수 있는 방법이 있다.

스으…….

그때 태무악의 몸이 엎드린 자세에서 저절로 둥실 허공으로 떠오르는가 싶더니, 빙그르르 몸이 돌면서 선 자세가 된 후 멈추었다.

다가온 화운성이 손을 뻗어 허공섭물의 수법으로 태무악을 일으켜 세운 것이다.

태무악은 핏기없이 창백한 얼굴에 눈을 꾹 감았으며 지그시 다물고 있는 입에서는 가느다란 선혈이 흘러내렸다.

화운성은 그가 엄중한 중상을 입었을 것이라고 짐작하면서 의아한 표정을 지으며 입을 열었다.

"귀하는 개방 방주와 함께 있던 사람이 아니오? 무엇 때문에 나를 미행했소?"

봄날의 따스한 햇살처럼 포근하고 부드러운 목소리다. 그리고 정중했다.

화운성이 천천히 손을 거두자 태무악의 몸이 느릿하게 하강하면서 두 발이 바닥에 닿았다.

태무악이 가볍게 비틀거리고 나서 천천히 눈을 뜨자 핏발이 곤두선 시뻘건 눈이 나타났다.

"너를 통해서 한 사람의 행방을 알아내기 위해서다."

화운성의 말투가 정중한 데 반해서 태무악은 상처 입은 맹수처럼 적의가 담겨 있는 말투다.

화운성은 고개를 갸웃거렸다.

"누구의 행방을 알아내려는 것이오?"

태무악은 짧게 내뱉었다.

"천존."

그는 거짓말을 모르고 또 안다고 해도 하고 싶지 않았다. 거짓말을 하면 마치 자신의 복수심을 부인하는 듯한 기분이 들

것 같아서이다.

그렇게 대답해 놓고서 그는 화운성의 반응을 기다렸다.

문득 화운성은 씁쓸한 미소를 머금었다.

"그분에게 원한이 있소?"

태무악은 대답하지 않았다.

화운성은 천천히 고개를 가로저었다.

"충고하건대, 원한을 거두시오. 그분에게 복수하는 것은 절대 불가능하오."

"복수를 할 것인지 말 것인지는 내가 결정한다."

낮게 으르렁거리는 태무악의 두 눈에서 흐릿하면서 시퍼런 안광이 번뜩였다.

그것을 보고 화운성은 태무악의 원한이 뼈에 사무쳐 있음을, 그리고 그가 범상한 인물이 아님을 간파했다.

"그분은 나의 사부님이오. 사부님께선 자신에 관한 모든 것을 함구하라고 명령하셨소. 그러므로 나는 사부님의 명령을 거역할 수가 없소."

화운성은 부드러운 중에 완고함을 내비쳤다.

그래서 태무악은 그의 완고함을 꺾을 수 없음을 깨달았다.

"너는 부모가 있느냐?"

"없소."

"소중한 사람이 있느냐?"

“한 사람 있소.”

그렇게 대답하면서 화운성은 옥이를 떠올렸는데, 그다음 순간에 옥선이 떠올랐다.

그것 때문에 그는 내심 가볍게 놀랐다. 그의 마음속에서 옥선이 옥이만큼 비중을 차지하게 되었다는 사실 때문이다.

태무악의 눈에서 살기가 번뜩였다.

“내가 너의 소중한 사람을 죽였다면, 너는 날 죽이고 싶지 않겠느냐?”

화운성은 태무악을 똑바로 쳐다보면서 ‘이자가 옥이를 죽였다’ 라고 생각해 보았다.

그런 생각만으로 화운성은 속에서 이상한 기운이 스멀스멀 끓어오르는 것을 느꼈다. 그것은 생전 처음 느끼는 감정인데, 바로 살심(殺心)이다.

화운성은 감정을 억제하려고 애쓰며 조용히 대답했다.

“죽이고 싶을 것이오.”

“그런데 내가 있는 곳을 알고 있는 사람이 네 앞에 있다. 하지만 그는 내가 있는 곳을 말하지 않는다. 너는 어떻게 하겠느냐?”

“어떻게든 대답을 들으려고 할 것이오.”

화운성은 솔직하게 대답했다.

“지금 내가 그렇다.”

화운성은 처연한 표정을 지었다.

"귀하의 심정은 이해하지만 나는 사부님이 계신 곳을 말할 수 없소."

태무악은 지그시 어금니를 악문 채 화운성을 쏘아보면서 그가 천존이 있는 곳을 쉽게 말하지 않을 것이라고 생각했다.

두 사람의 거리는 불과 반 장이다.

그리고 화운성은 자신의 두 번 공격에 태무악이 엄중한 중상을 입은 채 간신히 서 있을 것이라고 확신하기 때문에 경계를 하지 않고 있었다.

사실 태무악은 꼿꼿한 자세로 서 있지만 몹시 힘겨운 모습이고, 오른손에 흑자검을 쥔 채 검첨을 바닥을 향해 늘어뜨린, 검을 들고 있는 것조차 힘든 모습이었다.

"미안하오. 그러나 귀하는 다시는 나를 미행하지 마시오."

화운성은 포권을 하며 진심으로 미안한 표정을 짓고 그 다음에는 단호한 표정을 짓더니 몸을 돌렸다.

순간 잔뜩 노리고 있던 태무악의 흑자검이 땅을 향한 상태에서 그대로 그어 올려지면서 화운성의 등을 향해 세로로 베어갔다.

키이잇!

화운성은 호신막으로 몸을 보호하고 있었다. 태무악이 중상을 입었을 것이라고 추측하지만 그래도 아무런 안전장치도 하지 않은 채 반 장이라는 가까운 거리에 마주 서거나 등을 보인 채 몸을 돌리지는 않는다.

그 정도면 위급 상황에서 충분히 자신을 보호할 수 있을 것이라고 생각했다.

그런데 그것이 착각이었다.

파악!

태무악의 이백삼십 년, 전 공력이 실린 흑자검은 화운성의 호신막을 종잇장처럼 갈가리 찢어발겼다.

호신막이 파훼되는 순간 화운성은 반사적으로 몸이 앞으로 튀어나가면서 오른쪽으로 급격히 방향을 꺾으며 태무악을 향해 돌아섰다.

하지만 흑자검을 완전히 피하지는 못했다. 흑자검은 두 치 깊이로 그의 허리에서 오른쪽 어깨까지 비스듬히 반 자가량 깊숙이 갈라놓았다.

그가 돌아서자마자 기다렸다는 듯이 태무악의 두 번째 공격이 퍼부어졌다.

태무악은 순식간에 화운성의 일 장 앞까지 쇄도하면서 수중의 흑자검을 번개같이 휘둘렀다.

츠으웃!

순간 태무악의 오른팔에서 찬란한 빛이 뿜어지더니 어느새 다섯 개의 띠로 변하어 팔을 칭칭 휘감았으며, 각각의 띠는 다섯 가지 색, 즉 오색광휘(五色光輝)로 빛났다.

"천강신력!"

그것을 본 화운성은 움찔 놀라 짧게 외쳤다. 천강신력은 그 자신도 사부에게 전수받아 배운 절학으로써, 그가 연마한 두 가지 절학 중 하나다.

그런데 그것을 생면부지의 태무악이 전개하고 있으니 놀라지 않을 수 없었다.

그러나 놀라고 있을 겨를이 없다. 태무악의 팔을 휘감았던 오색광휘, 즉 천강신기는 즉시 흑자검으로 주입되더니 엄청난 쾌속함과 가공할 위력을 싣고 쇄도해 왔다.

츠으으…….

설명은 길지만 실상은 화운성이 막 돌아서자마자 태무악의 공격이 퍼부어지고 있기 때문에 미처 대처할 방법도, 자세도 갖추지 못한 상태다.

흑자검이 화운성의 목을 향해 오른쪽 위에서 왼쪽 아래로 비스듬히 전광석화처럼 내리그어 오는데, 흑자검에서 검신을 닮은 시뻘건 빛기둥이 한 자가량 뿜어져 나와 반월처럼 휘어졌다.

그 빛기둥은 검기나 검강이 아니다. 그보다 한 단계 높은 차원의 검신기(劍神氣)인 것이다. 그것 앞에서는 호신막도 무용지물이다.

파아아—

화운성은 다급히 상체를 뒤로 거의 눕히듯이 젖혀서 아슬아
슬하게 피했다.

팔락.

앞섶 옷고름이 잘려져서 나풀거렸다.

순간 태무악이 상체를 뒤로 완전히 젖힌 화운성의 가슴 위,
석 자 높이 허공에 마치 의자에 걸터앉은 듯한 자세를 취한 상
태에서 흑자검을 그어 화운성의 허리를 잘라갔다.

키이…….

이번에 흑자검에서 뿜어진 빛기둥은 백색이다. 천강신기 오
색이 하나씩 뿜어지고 있는 것이다.

화운성이 태무악보다 훨씬 고강하기는 하지만 돌연한 급습
에 부상을 입고 또 그 여세를 몰아 선기를 뺏긴 상태이기 때문
에 지금 상황에서는 피하기에 급급할 수밖에 없다.

만약 태무악이 일호(一毫)의 실수나 허점이라도 보이는 순
간이면 상황은 그 즉시 역전될 것이다.

하지만 지금은 폭풍처럼 몰아치는 태무악의 공격을 어떻게
피하느냐가 문제다.

태무악은 자신의 공격을 화운성이 어렵사리 피하기는 하되
막을 수 있도록 하지는 않았다. 막는다는 것은 곧 반격으로 이
어지기 때문이다.

화운성은 흑자검에 허리가 잘라지기 직전에 급히 천근추의 수법을 발휘하여 온몸을 땅바닥으로 내던지고는 재빨리 데구루루 세 바퀴 굴러서 가까스로 두 번째 공격을 피했다.

팍!

그는 세 번째 구르며 얼굴이 땅을 향해 있을 때 왼쪽 허리 어림이 화끈한 느낌을 받았다. 직감적으로 베었다는 것을 깨달았다.

이런 상태로 간다면 선기를 잡기는커녕 계속 추한 모습을 보이다가 최악의 상황에는 목숨을 잃을지도 모른다는 생각이 화운성의 뇌리를 스쳤다.

그는 사문을 떠나 강호를 이 년 동안 유람하면서 많은 싸움을 해보았으나 오 초식 이상 끌어본 적이 없었다. 그전에 상대를 모조리 굴복시켰다.

지금은 그가 강호에 나온 이후 최악의 상황이다. 그는 태무악보다 더 고강한 고수하고도 몇 차례 싸워봤으나 모두 오 초식 이내에 승리했었다.

만약 제대로 싸운다면 태무악은 이, 삼 초식 상대밖에는 되지 않는다.

그런데 태무악은 다른 사람에게는 없는 그 무엇인가를 갖고 있었다.

그것은 천부적인 싸움 기질, 즉 전투력과 투철한 근성이다.

화운성은 지금 그것에 밀리고 있는 것이다.

화운성은 다급함이나 절망감보다는 자신이 이 정도밖에 안되는 존재인가 하는 생각에 수치스러움을 느꼈다.

아주 짧디짧은 순간, 그는 어금니를 힘껏 악물었다.

'승부를 건다!'

세 번째 구르는 것이 끝나고 얼굴이 막 위로 향하는 순간,

쏴아아―

그의 몸이 땅바닥에 등을 대고 누운 자세에서 화살처럼 머리 쪽으로 삼 장이나 미끄러지듯 쏘아갔다.

그러면서 쳐다보자 지상에서 반 장 높이에 엎드린 자세로 있던 태무악이 막 아래를 향해 흑자검을 그어대다가 뚝 멈추는 모습이 보였다.

만약 화운성이 그 자리에 그대로 있었다면 몸이 세로로 절단되고 말았을 것이다.

쉬이이―

화운성이 미끄러져 가다가 발뒤꿈치를 축으로 삼아 번개같이 몸을 일으키고 있을 때 태무악이 일직선으로 곧장 무서운 속도로 쏘아오기 시작했다.

후우우!

그런데 쏘아오고 있는 태무악의 오른손에 쥐어진 흑자검에서는 먹처럼 새카만 빛기둥이 뿜어지는데, 그와 동시에 왼손

전체가 눈부시게 빛나고 있었다.

화운성이 빠른 속도로 공력을 끌어올리고 있을 즈음, 태무악은 순식간에 그의 이 장 전면까지 쇄도하고 있었으며, 왼손의 빛나던 광채는 어느새 하나의 투명하게 빛나는 한 자 길이의 검으로 변했다.

화운성은 태무악 왼손의 투명검을 발견하고 움찔했다.

'무형신룡검까지!'

그것은 화운성이 배우지 못한 절학이다. 사부는 가르치려고 했으나 그는 대신 다른 절학을 선택했다. 지금 전개하려고 하는 바로 그것이다.

화운성이 한눈에 봐도 지금 태무악은 전 공력을 쏟아 공격을 해오고 있다. 그 역시 이번 격돌에 승부를 걸려는 것이 분명하다.

오른손으로는 천강신력을, 왼손으로는 무형신룡검이라는 희세의 절학을 펼치고 있는 것이다.

화운성이 생각했던 것보다 태무악은 훨씬 고강했다.

쿠오옴!

일 장 반까지 쇄도한 태무악이 온몸을 던지면서 양손의 흑자검과 무형신룡검을 동시에 찌르고 베어왔다.

그리고 그 두 자루의 검에서 검신기와 검강이 동시에 발출되고 있었다.

어떻게 인간의 몸으로 동시에 두 가지 무공을 전개할 수 있는지 궁금하게 여기는 것은 나중 문제다.

지금 중요한 것은, 화운성이 아직 공력을 극성까지 끌어올리지 못했다는 사실이다.

하지만 공력을 계속 끌어올리고 있을 수는 없다. 지금까지 끌어올린 팔성 공력만으로라도 승부를 결해야만 한다.

화운성은 재빨리 한 가지 절학의 구결을 외면서 공력을 주천시키는 것과 동시에 두 팔을 힘껏 뻗어냈다.

한순간 그의 몸 전체가 찬란한 금광으로 물들고 빛나더니 그 광채가 뭐라고 설명할 수 없을 정도의 빠르기로 두 팔로 옮겨졌다.

번쩍!

그리고는 눈이 멀어버릴 듯한 눈부신 섬광이 그의 쌍장으로 뿜어졌다.

아니, 폭발했다.

꽈르릉!

천번지복의 굉음이 터지면서 작은 태양이 폭발하듯 태무악과 화운성이 격돌한 곳에서 엄청난 빛이 작렬하여 아무것도 보이지 않았다.

화운성은 우뚝 선 자세에서 발목까지 땅속에 박힌 채 뒤로 삼 장이나 밀려나서야 멈추었는데, 두 팔이 끊어질 듯 아팠고

양쪽 어깨가 화끈거렸다.

그 와중에 그는 자신이 이 정도 충격을 받았으면 상대는 필시 중상을 면치 못했을 것이라고 확신했다.

그는 재빨리 태무악을 찾아보았다. 그러나 그의 모습은 어디에서도 보이지 않았다.

'사라졌다.'

다시 한 번 주위를 둘러본 후에 태무악이 사라졌음을 확인하고는 화운성은 아쉬움보다는 오히려 내심 안도의 한숨을 토해냈다.

안도를 하다니, 그 자신이 생각해도 어이없는 일이다.

그렇지만 그는 태무악처럼 사람을 두렵게 만드는 존재를 처음 만났다.

그리고 그가 천존에 대한 복수를 포기하지 않는 한 언젠가는 또 만나게 될 것이라는 께름칙한 마음을 떨쳐 버릴 수가 없었다.

이윽고 그는 무령원을 향해 천천히 걸음을 옮겼다.

第八十四章

모순(矛盾)

화운성과 격돌한 곳으로부터 삼백여 장쯤 떨어진 어느 골목 안 막다른 곳에 태무악이 있었다.

그는 땅바닥에 퍼질러 앉은 채 두 손으로 바닥을 짚고 고개를 숙인 채 꾸역꾸역 새빨간 피를 토해내고 있다.

그가 토해낸 피는 무려 두어 되나 됐다. 더구나 핏속에는 도막난 내장 조각이 점점이 섞여 있었다.

그의 안색은 핏기 하나없이 창백했으며 입고 있는 옷은 갈가리 찢어져 누더기가 된 상태였다.

그는 골목 바깥의 대로 쪽을 힐끗거리면서 소리없이 계속

피를 토해내는 한편, 운공조식으로 고갈된 기력을 회복하려고 노력했다.

승기를 잡아 당장에라도 화운성을 제압할 수 있을 것 같았는데, 단 한차례의 격돌로 인해서 태무악은 내장이 도막 나고 혈맥이 산산이 끊어지고 순식간에 공력이 고갈되는 상태가 돼버린 것이다.

아무리 천부적인 싸움꾼이며 오행신체인 그라고 하지만 그런 상태에서는 더 이상 싸울 수가 없었다.

그래서 죽을힘을 다해 격전장을 벗어나 이곳까지 도망쳐 온 것이다.

그곳에 남아 있다가 화운성에게 제압되거나 죽임을 당할 수는 없는 일이다.

약간의 기력을 회복한 그는 피 토하기를 멈추고 벽을 짚은 채 일어나 한차례 주위를 둘러보다가 훌쩍 담을 넘어 다른 곳으로 이동했다.

이곳이 격전장에서 너무 가깝다고 생각하여 좀 더 안전한 장소로 옮기려는 것이다.

화운성이 돌아왔다는 의원의 보고를 받은 주령은 한달음에 그의 거처로 달려왔다.

주령이 가쁜 숨을 몰아쉬면서 실내로 들어설 때 화운성은 상의를 벗고 있는 중이었고, 뒷모습을 보이고 있었다.

주령은 그가 손에 쥐고 있는 옷이 갈가리 찢어진데다가 피에 흠뻑 젖었으며, 등과 옆구리에 길게 칼에 베인 상처에서 피가 흐르고 있는 것을 발견하고 소스라치게 놀랐다.

"화 상공! 대체 어떻게 된 일이에요?"

화운성은 돌아서며 죄스러운 표정을 지었다.

"별것 아니오. 염려하지 마시오."

돌아선 그의 양쪽 어깨에 깊은 상처가 생겨서 그곳에서도 피가 흐르는 것을 발견한 주령은 더욱 놀라 가녀린 교구를 바르르 떨었다.

"어쩌다가 이렇게 된 건가요? 아아…….'"

화운성은 안색마저 창백하게 질려서 금방이라도 울 듯한 표정의 주령을 보면서 상처의 고통이 깨끗이 사라지고 대신 잔잔한 감동이 밀려드는 것을 느꼈다.

"어, 어서 자리에 누우세요. 아니, 누우면 안 되겠어요. 앉을 기운이 있나요? 치료부터 해야겠어요."

평소에는 화운성과 옷깃조차 스친 적이 없는 주령이거늘, 지금은 바짝 다가와 그의 팔과 몸을 잡고 바닥에 앉히려고 애를 쓰고 있다.

화운성은 자신의 상처 정도는 충분히 혼자서 치료할 수 있지만, 주령이 이대로 물러나지 않을 것이라고 생각하기에 그녀를 만류하지 않고 순순히 따랐다.

그녀는 일단 옳은 일이라고 확신하면 무슨 일이든 끝까지 밀고 나가는 성품이다.

주령은 하녀를 불러 치료 도구와 약을 갖고 오도록 이르고 손수 물을 떠와서 수건에 적신 후 화운성의 상처를 조심스럽게 닦아내기 시작했다.

화운성은 자신이 옥이를 찾아야만 하는 상황이고, 또 지금 몹시 다치기까지 했지만, 당연히 무령원으로 돌아와야 한다고 생각했다.

무령원 외에 다른 곳으로 가야 한다는 생각은 아예 처음부터 하지도 않았다.

그 자신도 모르는 사이에 무령원은 어느새 그의 포근한 안식처가 되어 있었던 것이다.

그리고 그 사실을 그는 지금 방금 깨달았으며, 어쩌면 그 이유가 주령 때문일지도 모른다는 생각이 들었다.

주령은 화운성을 보고 처음에 어쩌다가 이렇게 다쳤느냐고 물었으나, 치료를 하는 동안 그것에 대해서는 한마디도 하지 않았다.

화운성은 그녀가 현명한 여자라서 상대가 스스로 말하기 전에는 묻지 않을 것이라고 생각했다.

그는 치료를 하는 내내 매우 기분이 좋았다. 예전에 그가 다쳤을 때에는 천령구위나 중현, 가끔은 옥이가 치료를 해주었는데 지금 같은 훈훈한 기분을 느끼지는 못했다.

주령에게서는 은은한 난향(蘭香)이 풍겨서 심신을 상쾌하게 해주었다.

이따금 그녀 옆에서 난향을 맡은 적이 있었지만, 이렇게 가까이에서 오랫동안 맡은 것은 지금이 처음이다.

훈훈한 기분과 잔잔한 감동이 지나가자 그다음에 화운성은 이상한 상황에 직면하게 되었다.

가슴속 깊은 곳에서 알 수 없는 느낌이 아슴아슴 마른 모래에 스미는 물기처럼 적셔오더니, 잠시 후에는 가슴과 등골 부위가 아련하게 저리듯 아파왔다.

그것은 신체의 아픔이 아니라 마음이나 신경 같은 것이 아픈 것이었다.

그리고 그 아픔이 심신을 지배하고 있는 동안에는 몹시 기분이 야릇했다.

그러나 나쁜 기분은 아니다.

아니, 오히려 구름 위에 올라탄 것 같기도 하고, 무더위에 차가운 물이 내장을 깨끗이 씻어주는 것 같기도 했으며, 자신이 알고 있던 그 모든 지식과 기억들이 깡그리 사라지고 대신 푸르거나 혹은 분홍색의 싱그러운 환상들이 빈자리를 가득 메우는 듯했다.

일전에 화운성은 지난 이 년 동안 강호를 유람하면서 얻은 경험과 지식들보다 이곳 무령원에서 주령 한 사람을 보고 배운 바가 더 크다는 생각을 했었다.

그리고 그녀는 사부만큼이나 완벽한 여신이라고 평가했으며, 그녀를 자신의 배필로 삼아야겠다는 결심을 했다.

그런데 그 생각이 지금은 약간 바뀌었다. 주령이 너무 크고 완벽한 여자라서 자신이 그녀의 짝으로 부족하다는 생각이 든 것이다.

그렇기 때문에 더더욱 그녀를 포기할 수 없는 것이다.

태무악은 북경성을 벗어나 한적한 숲 속에서 기력을 회복하고 근처 냇물에서 몸을 씻은 후에야 성내로 들어왔다.

이어서 성벽 근처 아무 집이나 들어가 빨랫줄에 널려 있는 남자 옷을 벗겨 갈아입고 나서 집으로 향했다.

다친 몸으로 갈가리 찢어지고 피범벅인 옷을 입은 채 집에 들어가면 모두들 놀라고, 또 걱정을 할까 봐서 아무 일 없던 것처럼 보이려는 것이다. 어느새 그는 가까운 사람들을 배려할 줄 알게 되었다.

집에 도착하니 모두들 청은루에 나가 있고 혼자서 점심 준비를 하고 있던 수피가 반갑게 태무악을 맞이했고, 거실 탁자에 멀뚱히 마주 앉아 있던 단예와 우란이 일어나 공손히 허리를 굽혔다.

태무악에 대해서 일거수일투족을 훤히 꿰고 있는 수피는 그
가 허름한 옷으로 바꿔 입고 온 것을 이상하게 생각했으나 그
것에 대해서 묻지는 않았다.

우란은 얼마 전에 태무악 측근에 있도록 허락을 받은 후부
터는 이곳에서 기거를 하고 있으며 한시도 태무악 곁에서 떨
어지지 않으려 했다.

그런데 태무악이 개방 총타에서 말없이 사라졌기 때문에 내
심 몹시 걱정을 하고 있던 중이다.

하지만 무사히 돌아온 그를 보고는 속으로 안도할 뿐, 아무
말도 하지 않았다.

태무악은 자신의 방에 들어가서 운공조식을 하고 싶었으나
두 여자를 무시할 수가 없어서 그냥 탁자 앞에 앉았다. 더구나
단예가 왜 왔는지 궁금하기도 했다.

그는 성 밖에서 운공조식을 했으나 아직 내상이 완치되치
않아서 본래의 육성 정도 공력만 회복된 상태다. 그래서 속히
운공조식을 하여 완전하게 회복하고 싶었다.

언제 무슨 일이 벌어질지 모르기 때문에 항상 만반의 준비
를 갖추어두려는 본능적인 습성 때문이다.

"추혈표를 몇 개 더 주셨으면 해요."

태무악이 평소처럼 무심한 얼굴로 쳐다보자 단예는 쭈뼛거

리면서 조심스럽게 입을 열었다.

"검을 다오."

그가 불쑥 손을 내밀자 단예는 망설이지 않고 즉시 자신의 검을 뽑아 태무악에게 내밀었다.

왜 느닷없이 검을 달라고 하는지는 모르지만, 여태까지의 경험상 다 이유가 있기 때문이라고 생각하여 망설이지 않은 것이다.

태무악은 검을 받자마자 눈대중도 하지 않고 검신을 도합 여덟 도막으로 똑똑 끊었다.

양손으로 검신을 잡고 슬쩍 힘을 주자 정확하게 다섯 치 크기로 잘라졌다.

이어서 흑자검을 뽑아 도막 난 검 조각을 하나 집어 들어 자르고 다듬기 시작했다.

단예는 직감적으로 그것이 추혈표를 만드는 과정이라고 생각하여 태무악 옆에 바짝 붙어 앉아서 눈도 깜빡이지 않고 지켜보았다.

태무악은 약 반 시진에 걸쳐서 검 조각 여덟 개로 완전한 모양의 추혈표 여덟 개를 만들어 보였다.

원래 그보다 훨씬 빨리 만들 수 있지만 단예가 보고 배우라는 뜻에서 천천히 한 것이다.

단예는 고맙다는 예를 표하고는 여덟 개의 추혈표를 조심스럽게 품속에 갈무리했다.

그녀는 지난번에 태무악을 따라서 산서성으로 가던 길에 우연히 추혈표 던지는 법을 배우고 나서부터는 밤잠을 잊을 정도로 수련에 푹 빠졌다.

그리고 강탁과 함께 귀촉루를 정탐하러 갔다가 혼자 적지에 남게 된 후에 이따금 귀촉루의 혈귀수들에게 쫓기면서 위급한 상황에 처했을 때마다 추혈표를 쏘아내서 그 덕을 톡톡히 봤다.

이제 그녀는 추혈표를 원하는 거리나 방향, 각도로 쏘아낼 수도 있고, 회전을 많게 혹은 적게 임의로 정할 수 있으며, 되돌아온 추혈표를 더 이상 손가락을 베지 않고 능숙하게 잡아낼 수도 있게 되었다.

태무악의 솜씨와는 비교할 수 없지만, 그래도 태무악의 사성 정도의 성취를 이룬 상태다.

그런데 혈귀수들을 상대하면서 추혈표를 다 써버렸기 때문에 그동안 내내 조바심을 내다가 이제야 비로소 용기를 내서 태무악에게 추혈표를 달라고 한 것이다.

그녀는 자신의 무공이 주위 사람들보다 약하다는 사실을 인정하기 때문에 더욱 추혈표에 매달렸다.

그것이 자신의 약한 무공을 보완하고도 남음이 있다고 판단했으며, 그것은 실제로 실전에서 많은 도움을 주었었다.

그녀는 추혈표를 유사시에 즉시 꺼내서 던질 수 있도록 상의 안, 양쪽 겨드랑이와 젖가슴 사이의 패인 곳 세 군데에 가죽 주머니를 견고하게 부착했다.

가죽 주머니 하나에 들어갈 추혈표밖에 없으면서도 언젠가는 많이 생길 것이라고 제딴에 한껏 욕심을 낸 것이다.

그런데 지금 반 시진 만에 여덟 개의 추혈표가 생겼고, 또 만드는 방법을 눈여겨 봐두었으니까 앞으로 얼마든지 많은 추혈표를 가질 수 있게 되었다.

그래서 그녀는 매우 들뜨고 기쁜 마음으로 태무악에게 감사의 표정을 지어 보였다.

"고마워요, 악 가."

원래 그녀는 태무악을 '악 대가' 라고 불렀는데 방금은 좀 더 친근하게 '악 가' 라고 불렀다.

그런데 태무악이 가볍게 고개를 끄덕이는 것을 본 단예는 날아갈 듯이 기뻐했다.

태무악은 우란을 쳐다보았다. 그녀는 꼿꼿하게 앉아서 아까부터 태무악을 주시하고 있다가 시선이 마주치자 슬쩍 눈을 내리깔았다.

태무악은 일어나서 자신의 방으로 가면서 중얼거렸다.

"둘 다 들어와라."

두 여자는 깜짝 놀라 서로의 얼굴을 쳐다보았다. 태무악이

자신의 방으로 그녀들을 불러들인 적은 한 번도 없었으며, 그
럴 이유가 없었기 때문이다.

　"가부좌로 앉아라."

　실내 한복판에 있는 석대 위에 가부좌로 앉은 태무악이 명
령하자 단예와 우란은 그의 앞에 나란히 가부좌의 자세를 잡
고 앉았다.

　"심법구결을 불러줄 테니, 외워라."

　두 여자는 깜짝 놀라서 태무악을 올려다보았다. 뜬금없이
심법 구결이라니, 전혀 예상하지 못했던 일이다.

　그러나 놀라고 있을 때가 아니다. 태무악이 지그시 눈을 감
은 채 구결을 읊기 시작한 것이다.

　두 여자는 정신을 바짝 차리고 한 자라도 놓치지 않으려고
잔뜩 귀를 기울였다.

　태무악은 반 시진에 걸쳐서 천극무조심법을 세 차례 읊어주
었다.

　그것은 그가 무간옥에서 십이 년 동안 연공했던 심법으로,
최고는 아니지만 무림의 여타 심법과 비교하면 최상위에 속한
다고 할 수 있다.

　두 여자는 나름대로 총명하다고 자부하고 있지만 구결이 너
무 난해하고 오묘해서 겨우 외우기는 했으나 세 번만으로는

아직 이해하기가 어려웠다.

그녀들은 태무악이 자신들에게 무공을 가르쳐 주었다는 기쁨과 그것을 그의 기대보다 더 잘 연공해야 한다는 긴장감으로 얼굴이 상기되어 있었다.

구결 읊기를 끝낸 태무악은 두 여자를 굽어보며 조용한 어조로 말문을 열었다.

"이 심법은 천극무조라고 한다. 운공하는 시각이 짧고, 또한 순간적으로 많은 공력을 끌어올려 발휘하는 데 적합하기 때문에 이것을 익혀 활을 쏘고 추혈표를 발출하도록 해라."

"천극무조……."

두 여자는 동시에 화들짝 놀라는 표정을 지으며 나직이 중얼거렸다.

그녀들은 무림의 역사나 지식에 대해서 정통한 편은 아니지만, 그래도 '천극무조'가 수백 년 전에 실전된 매우 뛰어난 심법이라는 사실 정도는 알고 있다.

그런 것을 자신들이 배우게 됐다는 생각에 그녀들은 흥분을 감출 길이 없어서 얼굴이 발갛게 상기되었고 흥분으로 호흡마저 가빠졌다.

태무악은 두 여자에게 딱히 무공을 가르치고 싶은 의도는 없었다.

다만 그녀들이 추혈표와 철궁을 사용하기 때문에 순간적으로 폭발적인 능력을 발휘하는 천극무조를 익히면 좋을 것이라는 생각에 약간의 도움을 주려는 것뿐이다.

또한 그녀들은 어차피 태무악의 사람이기 때문에 무공이 높아지면 도움이 될지언정 나쁘지는 않을 것이다.

어차피 그가 알고 있는 수많은 무공들은 원래 그의 것이 아니었으며 또한 지켜야 할 의무 같은 것도 없다.

임자가 없는 무공이니 마음에 드는 사람에게 가르쳐 준들 어떻겠는가.

이어서 태무악은 눈을 감고 운공조식에 들어갔다.

태무악은 내리 다섯 차례의 운공조식을 하는 동안 공력이 팔 할까지 회복되었고, 제법 심했던 내상은 거의 치유가 된 상태다.

그가 천극무조와 오화신경의 장점만을 발췌해서 창안한 천극오화심결은 운공조식뿐만 아니라 운공조식을 할 때마다 치료를 병행하기 때문에 따로 상처를 치료할 필요가 없다.

더구나 태무악은 오행신체라서 보통 사람하고는 비교할 수 없을 정도로 빠른 회복 능력을 지니고 있다.

그가 눈을 뜨고 굽어보자 바닥의 두 여자는 나란히 앉아 눈을 지그시 감고 있었다.

그가 보기에 그녀들은 천극무조의 난해한 구결을 풀이하는 한편, 운공조식을 실행하려고 애쓰는 것 같았다.

두 여자 다 얼굴이 땀투성이고 힘겨워하는 기색이 역력했으며, 가끔씩 아미를 찡그리고 입술을 쫑긋거렸다.

태무악은 그녀들을 놔두고 밖으로 나왔다.

탁자 앞에는 삼풍호개가 꼿꼿한 자세로 앉아서 어울리지 않게 몹시 심각한 표정을 짓고 있었다.

태무악은 운공조식을 하면서 삼풍호개가 온 것을 이미 알고 있었다.

그는 천풍대공에 대해서 물어볼 생각으로 삼풍호개의 맞은편에 앉았다.

골똘하게 생각에 잠겨 있던 삼풍호개는 태무악이 방에서 나온 것도 모르고 있다가 뒤늦게 그를 발견하고 깜짝 놀랐다가 물었다.

"미행한 것은 어떻게 됐나?"

"실패했다."

"천풍대공과 싸웠나?"

태무악이 묵묵히 고개를 끄덕이자 삼풍호개의 얼굴이 놀라움으로 뒤덮였다.

삼풍호개는 태무악을 이리저리 살펴보는 것으로도 모자라서 탁자 아래로 그의 하체도 살펴보면서 물었다.

"어… 디 다치지 않았나?"

"괜찮다."

삼풍호개는 믿기 힘들다는 듯 눈을 껌뻑였다.

"천풍대공의 무공은 어떻던가? 자네보다 강했나?"

"만약 제대로 싸우면 나는 힘겹게 십 초식 정도 버틸 수 있 겠더군."

태무악이 무사한 것으로 미루어 그 말은 천풍대공과 제대로 싸우지 않았다는, 즉 편법이나 꼼수를 사용했다는 뜻으로 삼 풍호개에게 들렸다.

태무악은 자신의 무공에 대해서 과신하지도, 대단하다고 생 각하지도 않기 때문에, '천풍대공과 제대로 싸우면 십 초식 정 도 버틸 수 있다'라고 남들이라면 부끄러워 할 말을 서슴없이 할 수 있다.

"그나저나 천풍대공이 본 방에 찾아달라고 부탁한 소녀의 신분이 뭘까?"

아까 삼풍호개는 태무악을 억지로 끌고 개방 총타 밖으로 나갔으나 안에서 천풍대공이 철장신개에게 부탁하는 것을 똑 똑히 들었다.

그때 천풍대공은 어떤 소녀의 용모를 자세히 설명하면서 그 녀를 꼭 찾아달라고 신신당부했다.

그리고 그는 덧붙였다.

"이 부탁은 천풍대공으로서가 아닌, 한 평범한 사람으로 하는 것이오. 사례는 후하게 하겠소."

삼풍호개가 물었으나 태무악은 천풍대공이 찾는 소녀 따위에는 조금도 관심이 없기 때문에 아무 말도 하지 않았다.

삼풍호개는 조심스럽게 태무악의 표정을 살피면서 그가 방에서 나오기 전에 하던 생각을 계속했다.

"성내 북쪽 동직문 근처에서 그자를 놓쳤는데, 이따가 그 근처를 은밀하게 둘러봐야겠다."

태무악이 중얼거리자 삼풍호개의 얼굴빛이 어두워졌다.

사실 삼풍호개는 아까 태무악이 천풍대공을 미행하는 것을 보고 따로 일을 꾸몄다.

북경성 내의 개방 제자들에게 천풍대공의 인상착의를 자세히 설명하고 그를 찾은 후 어디로 가는지 알아보라고 명령을 한 것이다.

실력으로, 그리고 일대일로 천풍대공 같은 절정고수를 미행하는 것은 십중팔구 실패하고 만다.

하지만 개방 제자들은 다르다. 개방 총타가 있는 북경성 내에 있는 개방 제자들의 숫자만 해도 삼백여 명에 이른다.

그들은 북경성 내에서 자금성을 제외하곤 가지 못하는 곳이 없으며 서로 간에는 긴밀한 연락, 정보 교환 체계가 완벽하게 갖추어져 있다.

그러므로 제아무리 천풍대공이라고 해도 북경성 내에 거미줄처럼 쳐져 있는 개방 제자들의 천라지망에서 자유로울 수는 없는 것이다.

삼풍호개가 개방 제자들에게 명령을 내리고 한 시진 반 후에 보고가 들어왔다.

물론 천풍대공이 최종적으로 어디로 들어갔는지에 대한 내용이었다.

그런데 보고를 접하고 삼풍호개는 크게 놀라야만 했다. 천풍대공이 들어간 곳이 바로 무령원이었기 때문이다.

무령원에는 삼풍호개가 천하에서 가장 존경해 마지않고 또 짝사랑하고 있는 옥선이 있다.

"그 자식은 왜 하필 그곳으로 들어간 거야? 도대체 거기에서 무슨 수작을 부리고 있는 거지?"

보고를 접하고 삼풍호개는 얼굴이 붉으락푸르락하여 허공에 주먹질을 해댔다.

그 이후 그 사실을 태무악에게 말해야 하나 말아야 하나를 두고 아까까지 고심하고 있었던 것이다.

그러다가 조금 전에 태무악이 방에서 나오기 얼마 전에 그는 한 가지 사실을 깨달았다. 만약 이처럼 고심하지 않았더라면 깨닫지 못했을 사실이다.

옥선은 자신이 한 남자를 목숨을 바쳐 사랑하고 있으며, 어떻게 해서 그 남자를 만나게 됐고, 또 사랑하게 되었는지에 대한 절절한 사연을 삼풍호개에게 들려준 적이 있었다.

삼풍호개는 옥선이 사랑하는 남자가 태무악이라는 사실을 알게 되었다.

그러나 짝사랑에 눈이 멀어서 그 사실을 옥선이나 태무악에게 일절 발설하지 않았다.

그리고 찔리는 것이 있어서 그날 이후부터는 아예 무령원에 발걸음도 하지 않았다.

그런데 이제 와서 다시 곰곰이 생각해 보니까 자신이 옥선을 짝사랑하는 것은 너무도 허무맹랑한 일이었다.

너무나 중요한 사실, 즉 개방 방주는 혼인을 할 수 없다는 사실을 조금 전에야 깨달은 것이다.

'아아… 어떻게 이런 가혹한 운명이……'

그는 개방 방주의 하나뿐인 제자이기 때문에 언젠가는 개방 방주가 될 것이다.

그래서 그는 자신의 운명을 한탄할 수밖에 없었다. 잠시 동안 개방에서 나와 방주가 되는 것을 포기할까 하고 고민했으나 그것도 여의치가 않았다. 그렇게 하면 사부가 절망에 빠질 것이기 때문이다.

사랑을 택하자니 사부가 울고, 사부를 따르자니 사랑이 통

곡하는, 자신이 실로 가혹한 운명의 주인공이라는 생각이 든 것이다.

그래서 결국 그는 사랑을 포기하고 모든 것을 태무악에게 말해주기로 결정했다.

"음! 태 형, 자네, 내 얘기를 잘 듣게."

일단 그렇게 서두를 꺼냈다. 그런데 이성은 사랑을 포기했을지언정 아직 감정이 따라주지를 않고 있다.

삼풍호개는 주먹으로 자신의 무릎을 쿵쿵, 내려치면서 사랑에 우는 자신의 감정을 꾸짖었다.

'밥통! 내가 개방 방주 자리를 포기한다고 해도 어떻게 절친한 친구의 여자를 뺏을 수 있단 말이냐? 정신 좀 차려라! 너는 천하제일의 의개(義丐), 삼풍호개가 아니더냐?

이어서 다시 마음을 다잡고 떨어지지 않는 입을 열었다.

"자네… 삼 년 전에 무간옥에서 탈출했을 때 어떤 소녀를 구해서 한동안 함께 동행하지 않았나?"

그렇게 말하면서 그는 가슴이 찢어지는 아픔을 느꼈다.

태무악은 가볍게 의아한 표정을 지었다.

"나는 그런 얘기를 한 적이 없는데, 어떻게 알았느냐?"

다른 사람이 그런 말을 했다면, 그리고 얼마 전의 태무악이었다면 벌써 상대를 공격하여 제압하고는 그 일에 대해서 가혹하게 심문했을 것이다.

탕!

"그런 일이 있었는지 없었는지만 대답하게!"

애끓는 마음으로 사랑을 포기해야만 하는 삼풍호개는 감정이 격해져서 손바닥으로 탁자를 세게 두드리며 고압적으로 외쳤다.

주방에 있던 수피가 화들짝 놀라서 겁먹은 얼굴로 이쪽을 쳐다보았다.

태무악은 삼풍호개를 물끄러미 응시하다가 가볍게 고개를 끄덕였다.

"그래, 그런 일이 있었지."

"그녀 이름이 뭔가?"

"주령."

"옥선이 아니고?"

"옥선?"

"아, 아닐세."

삼풍호개는 그녀의 본명이 따로 있으며 사람들이 옥선이라는 아호를 지어주었다는 사실을 한발 늦게 생각해 냈다.

"그녀 이름이 주령이로군."

그는 두 손을 탁자 위에 올려놓고 손가락끼리 만지작거리면서 중얼거렸다.

그러면서도 그는 아까 아침에 개방 총타에서 사부 철장신개가 읊조린 '주령 운영공주께서 살아 계시다면……' 이라는 말을 기억해 내지 못하고 있었다.

"그녀가 이곳 북경성에 있네."

삼풍호개의 힘없는 말에 찻잔을 들어 올리던 태무악의 동작이 뚝 멈추었다.

그는 방금 전에 삼풍호개가 말했던 '옥선' 이라는 이름을 떠올렸다. 그는 그 이름을 예전에 들은 기억이 있다.

언젠가 그가 상금네가 운영하는 청은루에 식사를 하러 갔을 때였다.

늘 앉는 자리에 앉아서 요리가 나오기를 기다리고 있는데 주루 내가 평소와는 달리 왠지 어수선했고 사람들의 시선이 온통 주루 입구로 향해 있었다.

그리고 사람들이 하나같이 한 사람의 이름을 입에 올리고 있었는데, 그 이름이 바로 '옥선' 이었던 기억이 났다.

"옥선이 주령인가?"

삼풍호개는 깜짝 놀랐다.

"알고 있었나?"

"네가 방금 주령이 옥선이 아니냐고 말했잖느냐."

자신도 모르는 사이에 긴장한 태무악은 삼풍호개를 대하는 말투가 예전으로 돌아가 있었다.

"그… 랬지."

삼풍호개는 어눌하게 더듬거렸다. 이제는 사랑을 놓아주는 것이 문제가 아니라 괜히 태무악에게 죄를 지은 것 같은 기분이 드는 것이 문제였다.

"그… 옥선이 북경성에 있네. 무령원이라는 의방을 운영하고 있지. 그녀는 북경성에서 활불이나 성녀라고 불리며 존경받고 있네."

태무악은 주령이 의방을 운영하든, 활불이나 성녀로 존경을 받든 그런 말은 귀에 들어오지 않았다.

그저 그녀가 북경성에 있다는 사실 때문에 온몸이 뻣뻣하게 경직되고 아무 생각도 들지 않았다.

그는 얼마 전에 주령을 회상하면서 그녀에 대한 자신의 마음을 정리한 적이 있었다.

그때 그는 자신에게 여자는 주령뿐이며, 세상에서 그녀를 가장 가까운 사람으로 마음에 두고 있다는 것. 그리고 결론적으로 그녀를 사랑하고 있다는 사실을 깨닫게 되었었다.

그런데 주령이 바로 같은 북경성 내에 살고 있었다는 것이니 태무악이 긴장과 흥분을 하는 것은 당연한 일이다.

"그런데… 천풍대공이 무령원으로 들어갔다는 걸세."

삼풍호개가 그렇게 말했을 때 태무악은 그 말을 즉시 이해하지 못했다.

"그 자식이 어째서 옥선과 같은 집에 있는 것인지는 알아내지 못했네."

　삼풍호개는 천풍대공이 무령원에 있는 것이 자신의 잘못이라도 되는 양 얼굴을 찌푸리며 투덜거렸다.

第八十五章
합체(合體)

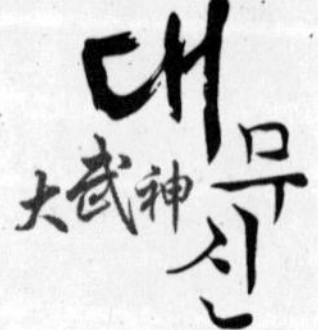

신시(申時:오후 4시) 무렵.

무령원 앞에는 환자들이 길게 줄지어 늘어서서 자신의 차례를 기다리고 있었다.

줄의 맨 앞에는 남루한 옷에 누렇게 얼굴이 뜬 병약해 보이는 한 명의 중년인이 전문 옆 담에 기대서 있었다.

그는 태무악이 변장한 모습이다. 원래는 줄 맨 끝에 서야 하지만 삼풍호개의 명령을 받은 개방 제자가 힘을 써서 앞자리에 서게 되었다.

처음에는 무영투공을 사용하여 은밀하게 잠입하려는 생각

을 했으나, 그러면 일각 반 동안만 무령원 내에 머물 수 있기 때문에 충분히 둘러볼 수가 없어서 지금 같은 편법을 쓰게 된 것이다.

이윽고 활짝 열린 전문 안에서 한 명의 여자 보조 치료사가 나와 태무악을 부축하여 안으로 안내했다.

"들어오세요. 어디가 아프신가요?"

"가슴이 답답하고 힘이 없소."

"그럼 이쪽으로……."

태무악은 여자 보조 치료사가 이끄는 대로 넓은 마당을 가로질러 건너면서 어느 전각으로 향하며 자연스럽게 주위를 둘러보았다.

전면과 좌우에 한 채씩 세 채의 전각이 있었고, 일반적인 전각하고는 달리 마당 쪽을 향해 여러 개의 문이 있었다.

초겨울의 쌀쌀한 날씨라서 문은 모두 닫혀 있었으나, 보조 치료사나 의원들이 드나들면서 문이 열릴 때마다 실내에 환자들이 줄지어 누워 있는 광경이 보였다.

태무악은 오른쪽 전각으로 안내되어 가면서 전면의 전각 뒤쪽을 쳐다보니 그 뒤로 세 채의 전각이 더 있고, 맨 뒤에 서로 마주 보고 있는 아담한 두 채의 단층 건물이 있었는데, 그곳은 숙소인 듯했다.

태무악은 십여 명의 환자가 다섯 명씩 서로 발을 맞대듯이 누워 있는 방으로 안내되어 문 가까운 곳에 눕혀졌다.

"기혈이 허약하고 심장과 맥이 불규칙적으로 박동하는 것으로 미루어 쇠심증(衰心症)에 허혈증(虛血症)이 겹친 것 같소. 침을 놓아줄 테니 한 시진쯤 누워 있다가 약을 받아서 돌아가시오."

피로가 쌓여서 눈 밑이 검어진 중년 의원이 피곤한 기색으로, 그러나 성의껏 진료를 한 후 설명을 해주었다.

태무악이 일부러 기혈을 약하게, 맥과 심장 박동이 불규칙하게 만들었는데 의원은 그것을 정확하게 진단했다.

의원이 침을 놓고 나간 후 환자들만 남게 되자 태무악은 열 호흡 정도 누워 있다가 슬며시 밖으로 나왔다.

그는 전문을 들어서자마자 있던 세 채의 전각에는 주령이나 천풍대공이 없을 것이라고 생각했다.

그 세 채의 전각에는 비교적 가벼운 환자들이 있는 듯했고, 주령은 무령원의 원주이니 훨씬 위중한 환자들을 돌볼 것이라고 짐작했기 때문이다.

뒷마당 가장자리를 천천히 걸어가면서 그는 자신의 기척은 완벽하게 감추는 대신 초라기경술을 전개하여 무령원 내의 모든 기척을 감지하기 시작했다.

그리고는 주령의 신체적 기능에 대해서 기억을 해냈다. 그는 주령의 호흡 소리, 심장 박동, 맥박… 심지어 체내에서 피가 흐르는 소리와 그녀만의 독특한 혈박음까지 생생하게 기억하고 있다.

삼풍호개는 무령원에는 주령도 있지만 천풍대공도 있다고 말했다.

그렇지만 태무악은 천풍대공은 제쳐 두고 일단 주령부터 찾으려 하고 있다.

그도 어쩔 수 없는 인간인지라 마음이 이끄는 대로 행동하는 것이다.

"……!"

그때 태무악이 뚝 걸음을 멈추었다. 익숙한 냄새, 아니, 향기를 맡은 것이다.

그의 냄새를 맡는 능력은 보통 사람보다 수십 배 뛰어난데, 지금 그가 맡고 있는 향기는 은은한 난향이었다.

삼 년 전, 무간옥을 탈출한 지 사흘째에 운명적으로 만나서 그 후 헤어질 때까지 거의 모든 시간을 한 몸처럼 붙어 지냈던 주령이 갖고 있는 그녀만의 독특한 체향(體香)이 바로 이 난향이었다.

태무악은 그 자리에 우두커니 서서 실로 오랜만에 맡아보는 난향이 전해주는 여러 가지 추억에 심신을 내맡겼다.

그리고는 잠시 후, 불을 따라 날아드는 부나비처럼 난향이 시작되는 곳으로 무작정 걸어가기 시작했다.

'주령!'

어느 전각의 처마 끝에 거꾸로 매달린 태무악은 한쪽 눈을 창틈에 대고 실내를 들여다보다가 속으로 부르짖었다.

실내의 창 반대편 벽 아래에 놓인 침상 앞 의자에 앉아서 누군가를 치료하고 있는 소녀는 틀림없는 주령이었다.

약간 고개를 숙인 듯한 자세의 옆모습이었다.

태무악은 눈을 약간 크게 뜨고 격동하는 가슴을 어렵게 억누르며 주령을 뚫어지게 주시했다.

삼 년 전 조그맣고 풋내 나는 십사 세 소녀의 모습은 그녀에게서 조금도 찾아볼 수가 없다.

소녀의 티를 거의 다 벗어버리고 여인의 문턱을 넘어서고 있는 모습이다.

그렇지만 변하지 않은 것도 있다. 손가락을 대면 흰 분가루가 묻어날 것 같은 투명하게 흰 살결이 그렇고, 크고 맑으며 싱그러운 눈과 길고 가느다란 속눈썹, 깨물어주고 싶을 만큼 귀여운 귓바퀴와 보송보송한 귓가의 솜털까지……

주령의 장미 꽃잎처럼 붉은 입술에 시선이 고정된 순간 태무악은 한 가지 사실을 분명히 깨달았다.

그녀가 누구보다도 아름답다는 것이다. 삼 년 전에는 몰랐는데 이제는 확연히 알 수 있다.

그녀는 삼 년 전에도 지금도 머리부터 발끝까지 하나의 아름다움 덩어리인 것이다.

태무악은 시선을 조금 아래로 내려 주령이 치료하고 있는 사람을 보았다.

환자는 한눈에도 남자라는 것을 알 수 있는 큰 체구를 지녔으며 상체를 벗은 채 침상에 엎드려 있었다.

그런데 환자의 등과 옆구리에 난 상처를 보는 순간 태무악은 움찔 놀랐다.

그 상처 부위는 그가 천풍대공에게 입힌 부위와 정확하게 일치했다. 금창약이 발라져 있지만 그것이 상처 부위를 가리지는 못했다.

태무악이 어이없어하고 있는 사이에 주령은 상처에 깨끗한 천을 감았다.

이윽고 실내에서 주령의 목소리가 흘러나왔다.

"하아… 됐어요. 이따 밤에 한 번 더 치료할 테니 푹 쉬도록 하세요."

예전에 비해 더 성숙해졌으나 여전히 감미롭게 사근거리는 듣기 좋은 목소리였다.

부스럭거리는 소리와 함께 사내가 일어나 앉았다. 얼굴은 보이지 않았지만 상체 앞쪽이 드러났으며, 양쪽 어깨에 천이 묶여 있는 것이 보였다.

태무악은 천풍대공 양어깨에도 상처를 입혔다. 그렇다면 지금 그가 보고 있는 자는 천풍대공이 분명했다.

"고맙소."

태무악의 추측을 확인시켜 주려는 듯 사내의, 아니, 천풍대공의 목소리가 들렸다.

태무악은 조금 전에 주령을 발견했을 때 느꼈던 감정들이 싸늘하게 식으면서 대신 적개심과 분노가 가슴을 터뜨릴 듯 솟구치는 것을 느꼈다.

그가 천풍대공에게 이토록 격렬한 분노를 느낄 이유가 없다.

그렇다면 이것은 질투심이 분명했다.

주령의 음성이 다시 창틈으로 새어 나와 태무악의 귓전을 간단없이 흔들었다.

"화 상공, 한 가지 부탁이 있어요."

"말씀하시오."

아까부터 한 번도 깜빡이지 않고 있는 태무악의 경직된 눈에 사붓사붓 우아하게 말을 하는 주령의 빨간 입술이 가득 들어왔다.

"이곳을 떠나지 마세요."

"왜 그런 말씀을 하시오?"

"화 상공이 떠날 것 같은 불길한 느낌이 들었어요."

"하하! 그럴 리가!"

"약속해 주세요, 떠나지 않겠다고요."

"알겠소. 설사 옥선께서 떠나라고 등을 밀어도 절대 떠나지 않겠소."

"고마워요, 화 상공."

그렇게 말하면서 주령의 얼굴에 환한 미소가 피어나는 것을 태무악은 똑똑히 보았다.

순간 그는 한차례 거세게 심장이 조각나는 듯, 온몸이 찢어지는 듯, 실핏줄 하나까지 모조리 도막 나는 듯한 절절한 아픔을 느꼈다.

그리고 그것을 마지막으로 그의 머리와 가슴은 얼음보다 더 차디차게, 그리고 빠르게 식기 시작했다.

그렇게 그는 초겨울 어느 어스름 저녁에 자신이 최초로, 그리고 마지막으로 사랑하는 여자를 가슴에서 떼어냈다.

그는 더 이상 이곳에 있고 싶지 않았다. 주령의 목소리도, 천풍대공의 목소리도 듣기 싫었다.

아니, 천풍대공에게 사근거리는 주령의 목소리가 듣기 싫은 것이었다.

그는 기척없이 처마 위로 상체를 끌어올린 후 뒤도 돌아보지 않고 무령원을 떠났다.

천풍대공이 이곳에 있는 것을, 아니, '설사 주령이 등을 떠

밀어도 가지 않을 것'을 알게 되었으니 급할 것이 없다.

지금처럼 어수선한 심정으로는 아무것도 하고 싶지 않았다. 그러니 오늘은 일단 돌아갔다가 추후 다시 날을 잡아 찾아올 생각이다.

그는 무령원을 오백여 장쯤 벗어난 곳에서 변체환용비술을 풀고 본래의 모습을 되찾았다.

꽁꽁 얼어붙은 호수 같은 마음이 어쩐 일인지 쩡쩡! 큰 소리를 내며 금이 가고 있었다.

'저 자식은?

북경성 대로를 늘씬한 몸매로 엉덩이를 흔들면서 한들한들 걸어가고 있던 한 여인이 전면 허공에서 무언가를 발견하고 가볍게 놀라는 얼굴로 걸음을 멈추었다.

놀라는 얼굴의 그녀의 시선은 전면의 허공 오른쪽에서 왼쪽으로 허공을 가로지르며 순식간에 멀어져 가는 한 인영의 뒷모습에 고정되었다.

'설마 무간백구호?

내심 중얼거리는 그녀의 시야에서 그 인영은 이느새 사라지고 보이지 않았다.

하지만 찰나지간에 대로 위 허공을 가로지르던 인영의 얼굴 모습이 아직도 망막에 새겨져 있어서 그녀가 기억을 떠올리는 것을 도왔다.

눈을 깜빡거리며 그 모습을 되새기던 여자는 순간 반색하면서 낮게 소리쳤다.

"틀림없어! 무간백구호야!"

그녀가 복잡한 대로 한복판에 멈춰 서서 소리치자 행인들이 의아한 얼굴로 쳐다봤지만 그녀는 개의치 않고 더욱 표정이 환하게 밝아져서 명랑한 교소를 터뜨렸다.

"호호홋! 저 자식을 이런 곳에서 다시 만나다니, 이것은 하늘의 계시가 분명해!"

그러자 그녀와 동행인 한 사내가 같이 기뻐하는 얼굴로 알은체를 했다.

"낭아! 네가 늘 말하던 그 무간백구호야?"

"호호홋! 그래! 그 괴물 같은 무간백구호! 그놈 덕분에 내가 무간옥을 탈출해서 지금처럼 자유로운 몸이 될 수 있었지! 게다가 그놈은 내 목숨을 구해주기도 했어!"

일신에 울긋불긋 화려한 꽃 무늬가 수놓인 최고급의 비단옷을 입은, 큰 키에 마르고 갸름한 아름다운 얼굴이며 여리면서도 가냘픈 인상의 십구 세 정도의 소녀다.

무간옥에 있을 때에는 '무낭백일호' 라는 이름으로 불렸으며, 무간백구호와 함께 탈출에 성공한 후에는 이름의 필요성을 느껴 '무낭백일호' 를 줄인 '백일낭' 을 자신의 이름으로 삼았던 소녀.

그녀 백일낭은 가냘프면서도 여린 인상과는 달리 새빨간 입술을 반달처럼 휘어지게 매혹적으로 웃으면서 옆에 있는 사내를 재촉했다.

"형구야, 어서 쫓아가자."

백일낭이 중원에서 활동하는 지난 삼 년 동안 만난 무수한 사람들 중에서 가장 마음에 들고 또 의기투합한 청년 조형구(趙炯丘)는 백일낭보다 더 들떠서 이미 대로 왼쪽 지붕 위로 신형을 날리고 있었다.

백일낭과 조형구는 곧 태무악을 만나리라는 부푼 마음을 안고 나란히 밤하늘을 쏘아갔다.

태무악은 지금 같은 기분으로는 집에 돌아가고 싶지 않아서 무령원을 나와 곧장 성 밖으로 향했다.

무간자의 냉정한 습성에 따라서 주령을 마음속에서 지워냈으나, 지난 삼 년간 인간 세상에서 배운 정(情)이라는 것이 질기고 촘촘한 그물이 되어 주령의 잔재를 그의 마음속에 가둔 채 털어내려 하지 않고 있었다.

북경성 밖 서쪽으로 무작정 달리던 그의 앞을 도도히 흐르는 영정하가 가로막았다.

그는 한달음에 강변으로 쏘아 내려가서 강가 백사장에 멈춰

섰다.

강물이 잔잔하게 흐르는 소리와 멀지 않은 곳의 누렇게 마른 갈대숲이 미풍에 흔들리며 낮게 신음하는 소리가 어우러져 들려왔다.

인간의 정리가 털어내지 못한 주령에 대한 앙금들을 몸 밖으로 털어내려는 듯 그는 두 팔을 활짝 벌리면서 몇 차례 심호흡을 했다.

"악 가, 하늘보다 더 큰 은혜, 죽어도 잊지 않겠어요."

그때 심금을 울리는 목소리가 들려왔다.

강물 소리와 갈댓잎 흔들리는 소리에 파묻혀서 들려온 그 목소리는 삼 년 전 주령이 제남 운동장 앞에서 태무악에게 큰절을 올리며 했던 말이다.

"개소리!"

태무악은 낮게 부르짖으며 주먹으로 허공을 때렸다. 그때 허공중에 떠 있던 주령의 영상이 주먹에 맞아 깨어졌다.

"뭐가 개소리라는 겐가?"

그때 태무악의 등 뒤에서 바람결처럼 잔잔한 목소리가 불쑥 들려왔다.

태무악은 속으로는 움찔 놀랐으나 겉으로는 추호도 드러내지 않았다.

그것은 마치 등 뒤에 누가 나타날 것인지 알고 있었다는 듯한 행동이었다.

사실 태무악은 그자가 뒤에 나타나는 것을 추호도 감지하지 못했다.

그가 주령 때문에 감정적으로 격해 있었다고는 해도 누군가 지척까지 접근하도록 모르고 있었다는 것은 말이 되지 않는 일이다.

목소리는 어떤 수법도 사용하지 않은 육성이다. 그로 미루어 상대는 태무악의 등 뒤 이 장 거리에 있는 것이 분명했다.

분명한 것은 또 한 가지 있다. 등 뒤에 있는 인물은 최소한 천풍대공과 비슷한 수준일 것이라는 사실이다.

태무악은 천천히 돌아섰다. 방금까지 주령 때문에 언짢았던 기색 따윈 없고 심해처럼 깊고 무심한 얼굴이다.

그는 전면 이 장 거리에 서 있는 초로의 나이에 세속을 초월한 듯 고고한 풍모의 인물을 쏘아보며 중얼거렸다.

"너는 누구냐?"

추호의 감정도 섞이지 않은 무심하기 짝이 없는 목소리가 밤공기를 흔들었다.

방금 주령을 버림으로써 그는 예전의 절대무심을 되찾은 듯했다.

상대가 누구라는 것과는 상관없이 그는 속에서 치밀어 오르는 강렬한 살심을 느꼈다.

누군가를 잔인하게 죽이고 나면 이 우중충한 기분이 깡그리 해소될 것만 같았다.

초로인은 마치 산책이라도 나온 듯 여유있는 모습에 온화한 목소리로 대답했다.

"나는 중현이라고 하네. 그런데 자넨 누구이기에 무령원에 몰래 잠입했나?"

천령구위의 삼위, 즉 삼천절대 중현은 굳이 자신의 이름을 감추려고 하지 않았다.

태무악은 그의 말에서 그가 무령원에서부터 자신을 지켜보고, 또 미행했다는 사실을 깨달았다.

그렇다면 스스로 '중현' 이라고 소개한 자의 신분이 무엇인지 궁금했다.

'중현' 이라는 자는 무령원이나 주령하고는 무관하고 천풍대공하고 관계가 있을 것이라는 생각이 들었다.

"너는 천풍대공과 어떤 관계냐?"

중현은 '옥 아가씨' 의 실종 문제로 어디에 다녀온 후에야 화운성이 부상을 당했다는 사실을 알게 되었다.

적잖이 놀란 그는 어쩌다가 다친 것이며 대체 누구와 싸웠느냐고 물었으나 화운성은 입을 굳게 다문 채 아무 말도 하지 않았다.

중현은 더 캐묻고 싶었으나 마침 옥선이 화운성을 치료하러 들어오는 바람에 급히 방에서 나와 근처에 은둔해 있다가 태무악이 옥선과 화운성이 있는 방을 몰래 염탐하는 것을 발견하고 이곳까지 추격해 온 것이다.

그런데 태무악이 다짜고짜 '너는 천풍대공과 어떤 관계냐'라고 물으니까 혹시 그가 화운성을 부상 입힌 인물이 아닌가? 하는 생각이 들었다.

"자네가 천풍대공과 싸운 사람인가?"

"너는 천풍대공과 어떤 관계냐고 물었다."

중현은 태무악이 호락호락하지 않다고 생각했다. 그런 류의 사람은 죽더라도 협박에는 굴복하지 않는다는 사실을 중현을 경험을 통해서 잘 알고 있다.

중현은 표정의 변화 없이 여전히 온화한 얼굴로 가볍게 고개를 끄덕였다.

"그렇네. 나는 그분의 수하일세."

태무악이 '천풍대공'이라는 호칭을 알고 있다면, 그 호칭이 천존의 제자를 나타낸다는 사실도 알고 있다는 뜻이다. 그래서 중현은 거짓말을 할 필요성을 못 느꼈다.

그리고 고강한 자들의 공통점 중 하나가 거짓말을 하지 않는다는 것이다.

거짓말이라는 것은 상대적으로 약한 자들이 자신의 처지를
조금이라도 좋게 만들려고, 혹은 자신에게 피해가 미치지 않
게 하려고 사용하는 얄팍한 수단이다.

강한 자들이 거짓말을 하지 않는 이유는 구태여 그럴 필요
가 없기 때문이다.

강한 자들의 처지나 신분은 대부분 상급에 속하기 때문이
고, 자신에게 피해가 미칠 것이라는 생각이 들면 상대를 죽여
버리면 그만이다.

꼭 죽이지 않더라도 강한 자들은 자신을 보호할 수 있는 수
단이 약한 자들에 비해 많은 편이다.

"자네가 천풍대공과 싸운 사람인가?"

중현은 태무악의 물음에 대답을 한 후에 자신의 물음을 반
복했다.

"그렇다."

그럴 것이라고 짐작은 했지만 막상 태무악이 시인을 하자
중현은 적잖이 놀랐다.

부상을 당해서 드러누워 있는 천풍대공에 비해서 겉보기에
태무악은 말짱했기 때문이다.

중현은 태무악을 자세히 살피다가 자신의 궁금증을 풀어야
겠다고 생각했다.

"자네는 다친 곳이 없는가?"

“없다.”

중현이 보기에도 태무악은 다친 곳이 없었다. 또한 이곳까지 추격해 오는 동안 눈여겨봤으나 다친 사람의 몸동작은 아니었다.

“자네는 왜 무령원에 몰래 잠입한 것인가?”

중현은 그렇게 물으면서 태무악이 대답하지 않을 것이라는 사실을 알고 있었다. 그의 절대무심한 표정이 그것을 대변하고 있었다.

“자넨 변체환용비술을 누구에게 배웠는가?”

중현이 재차 그렇게 물었을 때에도 태무악의 표정은 추호도 흔들리지 않았다.

중현은 태무악이 병약한 중년인의 모습이었다가 지금의 모습으로 바뀌는 것을 추격하다가 가까운 곳에서 똑똑히 목격했다.

태무악이 여전히 대답이 없자 결국 중현은 그를 제압해서 심문할 수밖에 없다고 결정했다.

슥—

그때 태무악이 한 걸음 앞으로 내딛으며 어둠, 그 자체가 중얼거리는 것처럼 입을 열었다.

“너를 제압해서 천존에 대해 몇 가지 물어봐야겠다.”

중현은 가볍게 어이없다는 표정을 지었다. 태무악이 자신과 똑같은 생각을 하고 있기 때문이다.

그러다가 문득 중현은 태무악이 화운성을 부상 입혔다는 사실에 생각이 미쳤다.

화운성은 중현보다 한 수 정도 고강하다. 그런 그가 부상을 입었다면 이 싸움은 십중팔구 중현의 패배다.

중현은 자신이 방금 전까지 도대체 무엇 때문에 그토록 태연했는지 알 수가 없었다.

아마도 그것은 오랜 세월 동안 몸에 밴 강자의 습성 때문일 것이다.

중현은 천존과 화운성, 그리고 천령구위의 일, 이위인 일천절대와 이천절대를 제외하면 중원무림에 자신의 적수가 없다고 자부해 왔다.

'도대체 저 젊은이는 누군가? 누구이기에 그토록 강하단 말인가?'

그런 의문이 절로 생겼다.

"자네는 누군가?"

태무악은 중현이 화운성 정도의 실력자라고 판단했다.

화운성과 제대로 싸우면 태무악은 간신히 십초지적쯤 될 것이라고 자평했다.

화운성에게 부상을 입힐 수 있던 것은 운이 좋았던 탓이다. 게다가 화운성은 정통적인 무공만을 익힌데다 그 당시에 방심을 했고, 태무악은 온갖 잡기에 능란하다는 장점이 한몫했다.

또한 화운성에게는 태무악이 갖고 있는 천부적인 전투력과 투철한 승부 근성이 없다.

말하자면 화운성은 무간옥 같은 처절한 과정을 거치지 않은 것이다.

그런 면으로 보면 중현과의 싸움이 전혀 불리한 것만은 아니라고 태무악은 생각했다.

'일 초식에 제압하지 못하면 도주한다!'

그래서 내심 지그시 어금니를 악물며 궁리했다.

중현은 방금 태무악이 누구냐고 물었다. 그는 화운성처럼 태무악의 신분을 모르고 있는 것이 분명하다.

천존이 발동한 대천색령의 표적이 어떻게 생겼는지를 천존 최측근의 사람들만 모르고 있다는 사실은 기묘한 모순이기도 했다.

만약 이때 태무악이 자신의 신분을 밝히면 중현은 필경 놀랄 것이다. 그렇다면 바로 그때 벼락같이 급습을 가한다, 라고 계산했다.

"나는 신풍헐수라고 한다."

태무악은 그렇게 중얼거리면서 중현의 얼굴에서 시선을 떼지 않았다.

순간 중현의 눈빛이 크게 흔들렸다. 그리고 얼굴에는 놀라고 당혹해하는 기색이 물결처럼 번졌다.

'저 아이가…….'

십오 년 전, 자신이 직접 강서성 파양현 벽라촌에서 찾아내고 또 품에 안아 무간옥에 갖다주었던 세 살짜리 어린아이가 바로 눈앞에 있는 것이다.

"네가……."

중현은 놀라는 표정을 감추려고 하지도 않고 주춤 앞으로 한 걸음 나서며 입을 열었다.

차앙!

슈우욱!

순간 태무악이 발끝으로 힘껏 백사장을 박차면서 흑자검을 뽑으며 곧장 중현을 향해 무섭게 쏘아갔다.

중현은 움찔했다.

처음에 이 장이었던 거리는 태무악이 한 걸음 다가서고, 방금 중현이 다시 한 걸음 다가섬으로 인해서 일 장 두어 자 정도로 좁혀졌다.

그 짧은 거리를 태무악이 빛처럼 빠른 속도로 쏘아오고 있는 것이다.

중현이 놀라고 있는 사이에 태무악은 어느새 반 장 앞까지 쇄도하면서 흑자검을 머리 위로 치켜들었다.

키이잇!

흑자검이 무섭게 중현의 정수리를 쪼개왔다.

'이것은 무엇인가?

분명히 태무악의 급습은 중현의 예상을 깼다. 그리고 지독하게 빨랐다. 하지만 중현이 반격하지 못할 정도는 아니다.

더구나 쇄도하는 태무악이 흑자검을 내리긋는 광경은 아무리 좋게 봐도 평범한 수법이다.

중현은 저 수법에 뭔가 대단한 신공절학이 담겨 있나 하고 찰나지간에 살펴봤지만 그런 것 같지는 않았다.

결과적으로 태무악의 급습은 지독하게 빠르다는 것, 그리고 위력적으로 검을 그어 내린다는 것 말고는 없었다.

그 정도라면 중현으로서 충분히 반격할 수 있고, 오히려 격퇴시킬 수 있다는 자신감이 생겼다.

후우웅!

그가 번개같이 쌍장을 내뻗자 몸에서 두 팔을 통해 눈부신 광채가 전해지고, 그것이 쌍장으로 뿜어졌다.

마치 작은 태양이 폭발하는 것 같은 섬광이 일었다. 그것은 화운성이 태무악에게 전개했던 마지막 신공절학과 같은 것이었다.

"……!"

중현은 자신의 쌍장에서 강기가 막 발출되는 순간 매우 흐릿하면서도 기이한 기척을 감지하고 흠칫했다.

그 기척은 등 뒤에서 느껴지고 있었다.

그의 경험에 의하면, 이것은 틀림없는 암습이다.

반격을 하고 있는 상황에서 그래서는 안 되지만, 뒤에서의 암습을 감지하고서도 가만히 있을 수는 없는 일이라 재빨리 뒤돌아보았다.

분명히 암습이라고 판단했는데 뒤돌아보니 눈에 띄는 것이 아무것도 없었다.

귀신에 홀린 듯한 기분이다. 하지만 언제까지고 뒤돌아보고 있을 수는 없어서 재빨리 다시 앞을 보았다.

아니, 고개를 앞으로 돌리려는데 뒤에서 느껴지던 암습의 기척이 방금 전보다 더욱 강렬하게 느껴졌다.

중현은 귀신에 홀린 듯한 기분이 금세 모골이 송연한 공포로 급변했다.

설사 태무악이 무영투공을 전개했다고 하더라도, 지금 앞에서 공격해 오고 있는 태무악은 뭐란 말인가. 무영투공은 모습을 보이지 않게 하는 수법일 뿐이지, 한 몸을 둘로 나누는 수법은 아니지 않은가.

생각이 거기까지 미쳤을 때 중현의 뇌리를 강타하는 무엇이 있었다.

'한 몸을 둘로?!'

그가 알고 있는 바로는 한 몸을 둘로 나누는 무공을 무간옥에서 가르치고 있다.

'환신검격!'

그는 속으로 부르짖었다.

푹!

쌍장은 전면의 태무악을 향해 발출된 상황이고, 고개는 앞으로 돌리려다가 멈춘 어정쩡한 자세에서, 그는 등 왼쪽을 뜨거운 인두로 쑤시는 듯한 화끈한 느낌을 받았다.

'이런 어이없는⋯⋯.'

투둑.

그는 심장을 뚫고 가슴으로 삐져나오고 있는 은은하게 빛나는 투명한 검을 내려다보며 중얼거렸다.

"무형신룡검⋯⋯."

그 순간 그는 온몸에서 힘이 빠져나가는 것을 느끼며 허탈한 표정을 지었다.

그러나 이미 발출된 그의 쌍장은 전면에서 공격해 오고 있는 태무악의 가슴 한복판에 고스란히 적중되었다.

쩍!

태무악의 흑자검은 중현의 몸에 닿기도 전에 몸이 줄 끊어진 연처럼 훌훌 날아갔다.

그러나 중현은 자신이 날려 보낸 태무악이 정신과 공력이 빠진 빈껍데기뿐이라는 사실을 알고 있다.

방금 전에 그의 등에서 심장을 찌른 것이 빈껍데기 태무악에게서 빠져나간 공력과 정신이다.

그것이 바로 환신검격인 것이다.

중현은 비틀거리면서 앞으로 두어 걸음 걸으며 번개같이 상체를 뒤틀면서 뒤를 향해 섭선을 떨쳤다.

쉐앵!

날카로운 파공음과 함께 눈부신 빛살 세 줄기가 그의 배후를 향해 뿜어졌다.

정신과 공력으로 화한 태무악의 알맹이가 눈에 보일 리가 없다. 그래서 어림짐작으로 공격을 퍼부은 것이다.

그러나 태무악은 그곳에 없었다. 무형신룡검으로 중현의 등을 찌르자마자 그의 머리 위로 솟구친 것이다.

이유는 간단하다. 중현을 확실하게 제압하기 위해서다. 심장이 관통됐다고 해도 중현 정도의 절정고수라면 무슨 수를 발휘할지 모르기 때문이다.

또한 만약 중현이 죽게 된다면, 그대로 죽도록 내버려 둘 수 없기 때문이기도 했다.

중현의 두 번째 공격이 무의미하게 허공을 가르고 있는 순간에 태무악은, 아니, 태무악의 정신은 찰나지간 갈등하고 있었다.

이백삼십 년 공력의 태무악이 환신검격을 전개하면 열 호흡

전에 정신과 공력, 즉 영(靈)이 몸과 합체를 해야만 한다. 그러지 않으면 영도 몸도 죽고 만다.

그의 몸은 멀리 날아가고 있는 중이다. 지금 환신검격을 거두면 영이 순식간에 날아가 몸속으로 스며들 것이다.

그러나 이처럼 좋은 기회를 놓치고 싶지 않았다. 영이 몸속으로 들어가는 그 짧은 순간에 중현이 무슨 일을 벌일지 모르기 때문이다.

'확실하게 제압해 놓고 합체해도 늦지 않다.'

그렇게 결정한 태무악은 즉시 중현을 향해 연달아 아홉 발의 적혼지를 발출했다.

슈슈슈슉!

삼백 년 전에 무림을 피로 씻었던 대살성 적인마의 성명절기인 적혼지는 원래 살상용이다. 그래서 삼삼살인공으로 분류했다.

아니, 태무악은 이후 천강신력과 무형신룡검을 터득했으니 삼오살인공이 됐다.

파파파팍!

"흑!"

쓰러질 듯 비틀거리며 두리번거리던 중현의 뒷목과 양쪽 귀밑, 양쪽 어깨, 양쪽 등, 양쪽 옆구리에 정확하게 아홉 발의 적혼지가 적중됐다.

만승쇄라수다. 공력이 출신입화지경에 도달하지 못하면 절대 해혈할 수 없는 점혈 수법이다.

중현이 맥없이 쓰러지자 태무악은 즉시 그의 몸 위로 쏘아 내렸다.

죽어버리면 안 되기 때문이다. 죽으면 몸과 합체하지 않고 버틴 태무악의 노력이 헛일이 되고 만다.

스으으…….

아무것도 없는 허공중에서 갑자기 오색기체가 마치 무지개처럼 스미어 나와서 피가 콸콸 솟구치고 있는 중현의 심장 부위를 덮었다.

그러자 그 즉시 피가 멎었다. 하지만 그것으로 중현을 살린 것은 아니다.

태무악이 의술에 조예가 깊다고 해도 심장을 관통당한 사람을 살릴 수 있는 능력은 없다.

이 응급조치로 중현은 앞으로 한 시진 정도 숨이 붙어 있을 것이다.

그리고 그 순간 태무악은 한 가지 사실을 깨달았다. 지금 영이 몸을 떠난 지 열 호흡이 다 되어가고 있으며, 몸은 강물 속에 가라앉아 있을 것이라는 사실이다.

아무리 빨리 환신검격을 풀고 영이 몸을 찾아간다고 해도 한 호흡 이상은 걸릴 것이다.

그러나 마지막 순간까지 최선을 다하지 않고는 결말을 알지 못한다.

설혹 영과 몸, 즉 영신합체(靈身合體)가 이루어지지 않는다고 해도 어쩔 수 없는 일이다.

그렇게 되면 그는 지금껏 그를 구속하고 있던 모든 것들로부터 자유로워질 것이다.

찰나 환신검격을 푼 태무악의 영이 쏜살같이 몸을 향해 쏘아갔다.

그러나 그는 알지 못했다, 그가 환신검격을 풀었을 때가 막 열 호흡이 되는 순간이라는 사실을.

그런데 이상하게도 영이 쏘아간 곳은 강물 속이 아니다.

어찌 된 일인지 쓰러져 있는 중현 바로 옆이다. 그곳에 태무악의 몸뚱이가 반듯한 자세로 누워 있었다. 거리로 따지면 불과 반 장 남짓이다.

그러니까 결국 태무악이 환신검격을 풀자마자 영신합체가 이루어진 것이다.

만약 몸이 강물 아래에 가라앉았거나 물살에 떠내려갔다면, 그것으로 끝장이 났을 것이다.

"크으……'

무사히 열 호흡 안에 영신합체를 이룬 태무악은 반듯한 자세로 누워 있다가 깨어나면서 얼굴을 찌푸리며 고통스러운 신음을 흘렸다.

제일 먼저 느낀 것은, 온몸이 산산이 분해되는 것 같은 격렬한 고통이다.

그리고 그 틈바구니에서 느껴지는 것이 몸에 한 움큼의 힘도 남아 있지 않다는 것이다.

그제야 그는 자신이 환신검격을 전개한 후에 몸뚱이가 중현의 쌍장에 정통으로 적중됐다는 사실을 기억해 냈다.

잘 모르긴 해도 이 고통은 필경 그것 때문일 것이다.

"으으……."

그는 억눌린 듯한 신음을 흘리면서 몹시 힘겹게 눈을 떴다. 고통 때문에 신음을 흘리는 것이 아니라 자신의 부주의 때문에 흘리는 것이다.

第八十六章
죄인(罪人)

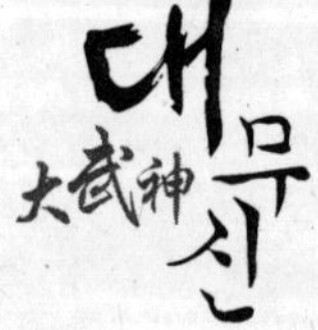

　눈을 뜬 태무악의 시야에 방그레 웃고 있는 싱그러운 소녀의 얼굴이 가득 들어왔다.

　"그냥 누워 있어."

　소녀가 방금 전보다 더 환하게 미소 지으며 빨간 입술을 나풀거렸다.

　"너… 무낭백일호……."

　"백일낭. 그게 내 이름이야. 그냥 낭이라고 불러."

　태무악은 백일낭을 한눈에 알아봤다. 그녀는 예전과 변함이 없는 모습이다.

조금 달라진 것이 있다면 살결이 매끄러워지고 정갈해진 모습이라는 정도다.

"이 자식아, 환신검격을 전개하려면 좀 제대로 해라."

백일낭은 태무악 머리맡에 두 무릎을 붙인 채 쪼그리고 앉아서 희고 긴 손가락으로 그의 이마를 가볍게 두드리며 핀잔을 주었다.

"너 어떻게 여길……."

태무악은 백일낭이 갑자기 왜 나타났는지 궁금했다.

"아까 그 성안에서 널 보고 뒤따라왔다. 너 무지 빠르더라? 그동안 많이 고강해진 것 같다."

태무악은 백일낭이 강물에 빠지려는 자신의 몸을 이곳에 갖다 놓았을 것이라고 생각했다.

그녀도 환신검격을 배웠으니까 제시간에 영신합체가 이루어져야 한다는 사실을 알고서 그렇게 행동했을 것이다. 하지만 네가 그랬느냐고 묻지는 않았다.

태무악은 지금 당장 할 일이 있다. 우선 제압해 놓은 중현을 처리해야 한다.

그에게 천존이 있는 곳이나 천존에 대한 여러 가지 것들을 심문하고, 그다음에는 그의 공력을 발력채령술로 흡수할 생각이다.

"무간백구호, 내 친구와 인사해라. 앤 조형구다."

그런데 백일낭이 그럴 틈을 주지 않았다. 그녀는 태무악의 급한 일보다 자신의 남자 친구를 소개하는 일이 더 급하다고 생각하는 듯했다.

조형구는 백일낭 옆에 그녀와 똑같은 자세로 바짝 붙어 앉아서 누워 있는 태무악을 굽어보며 벙글거렸다.

"나는 조형구다. 너에 대한 이야기는 귀가 따갑게 들었다. 앞으로 좋은 친구가 되자."

이런 상황에서 이런 대화들이 과연 적절한지 백일낭과 조형구는 모르고 있는 것 같았다.

두 사람은 막무가내고 거칠 것이 없으며 괴팍하다는 점에서 서로 닮은 듯했다. 아마도 그래서 친구가 되었겠지만…….

조형구는 태무악의 상처를 대충 살펴보고 나서 백일낭을 보며 입맛을 다셨다.

"쩝! 그런데 친구를 얻자마자 잃을 것 같은데?"

"무간백구호, 그런데 너는 곧 죽을 것 같다. 상처가 매우 심해서 소생하기 어려워. 이거, 만나자마자 헤어져야 하다니, 안 됐다."

백일낭이 태무악의 가슴 상처를 보면서 눈을 깜빡였다. 호기심으로 반짝이는 눈과 생글거리는 입가의 미소로 보건대, 그녀는 태무악이 죽는 것을 조금도 안됐다고 생각하는 것 같지 않았다.

물론 태무악을 치료할 생각은 하지도 않았다. 그녀는 의술에는 까막눈이다.

태무악은 상체를 일으키려고 했으나 뜻대로 되지 않았다. 일어나기는커녕 고개조차 까딱거리지 않았다.

슥—

"얼마나 다쳤는지 네 눈으로 보고 싶은 거냐?"

머리맡에 앉은 백일낭이 태무악의 머리를 잡고 가볍게 들어 올렸다.

그것 때문에 상체가 당겨서 가슴이 천 갈래 만 갈래로 찢어지는 듯했으나 태무악은 신음조차 흘리지 않고 눈을 아래로 하여 자신의 가슴을 굽어보았다.

한눈에도 상처는 극심해 보였다.

가슴에서 배까지 크게 뻥 뚫려서 찢어발겨진 채 내장들이 징그럽게 흘러나왔고, 피와 누런 내용물들이 뒤섞여 진득하게 흘러내리고 있었다.

"무낭백일호… 내장을 집어… 넣어줘……."

"낭이라고 부르라니까?"

이 급박한 판국에 백일낭은 자신의 이름을 잘못 불렀다고 트집이다.

"낭아, 내장을……."

"형구야, 들었지?"

"맡겨둬."

조형구는 선선이 대답하고는 태무악 옆으로 게걸음으로 뭉기적거리고 다가갔다.

이어서 내장을 태무악의 몸속으로 쓸어 담기 시작했다.

그러면서 얼굴을 찡그리며 중얼거렸다.

"배고프다."

백일낭이 생글생글 웃으며 맞장구쳤다.

"조금 이따 성안에 가서 맛있는 거 사 먹자."

"이거 보니까 내장탕 먹고 싶다."

"그래, 나도 내장탕……."

백일낭은 종알거리다가 태무악의 갈라진 가슴 사이로 펄떡거리면서 뛰고 있는 심장을 보더니 말을 바꾸었다.

"아냐. 난 염통 소금구이 먹을 거야."

태무악은 눈을 감으면서 중얼거렸다.

"내장탕하고 염통 소금구이 잘하는 집을 내가 알고 있다."

청은루의 상금이 특히 잘하는 요리가 내장탕과 염통 같은 것이었다.

조형구의 솜씨는 놀라웠다. 언뜻 보기에는 내장을 마구 쓸어 담는 듯하지만, 실은 원래 있었던 자리에 정확하게 차곡차곡 깔끔하게 정리를 했다. 그것을 보면 그는 이런 일을 많이 해본 사람 같았다.

　내장 정리가 끝나자 태무악은 백일낭에게 자신의 상체를 내려놓으라고 한 후, 두 손을 펼쳐서 가슴과 배의 상처 부위에 얹고 운공조식을 시작했다.

　"어? 저놈, 심장이 터져서 피 난다."

　조형구가 중현을 보더니 마치 길바닥에서 밟혀 죽은 개구리를 설명하듯 말했다.

　태무악이 임시방편으로 지혈해 놓은 중현의 심장이 터져서 피가 콸콸 쏟아져 나오고 있었다.

　꼬르륵······.

　그때 백일낭 뱃속에서 또렷한 소리가 흘러나왔다. 배가 고프다는 신호다.

　"밥 먹으러 갈래?"

　조형구의 물음에 백일낭은 태무악을 굽어보면서 몹시 갈등하는 표정을 지었다.

　이들 둘은 정말로 이상한 사람이 분명하다.

　한 끼 정도 안 먹거나 조금 늦게 먹는 것이 무슨 큰일이라도 나는 것처럼 생사 고비를 넘고 있는 사람 옆에서 몹시 진지하게 대화를 나누었다.

　"조금 기다려 보다가 이 자식이 죽으면 가자."

　"살아나면 안 가?"

　"그럼 애랑 같이 가야지. 내장탕하고 염통 소금구이 잘하는 집을 알고 있다고 하잖아.”

“그렇군. 나는 맛있는 내장탕 먹고 싶어.”

“나도.”

그러고 나서 두 사람은 나란히 앉아서 무릎을 세우고 손으로 턱을 받친 채 빤히 태무악을 굽어보았다.

그 표정은 마치 마른땅에 건져 올린 물고기가 과연 얼마나 버티다가 죽는지 관찰하는 듯했다.

마음이 조급한 태무악은 운공조식을 반만 했다. 천극오화심결을 운공하여 오화벌기를 일으켜서 양손을 통해서 복부와 가슴의 상처로 뿜어냈다.

그렇게 일각 동안 치료를 한 결과, 지혈과 상처의 갈라진 부위가 대충 접합되었다.

이 정도 해두었으니까 심하게 움직이지만 않으면 터질 염려는 없을 것이다.

또한 일각 동안의 운공조식으로 약간의 기력을 회복한 태무악은 스스로 어렵사리 몸을 일으켜 엉금엉금 중현에게 다가갔다.

쪼르륵.

그때 백일낭의 배에서 또 소리가 나자 조형구가 태무악을 재촉했다.

“어이, 친구. 밥 먹으러 가자.”

그러나 태무악이 대답없이 중현 옆에 책상다리로 앉는 것을 보고 그의 팔을 잡았다.

"내 말 안 들리는… 어?"

순간 조형구는 눈을 크게 떴다가 자지러지는 듯 비명을 터뜨렸다.

우둑!

"으아아! 내 팔!"

태무악이 조형구의 팔을 잡아 비틀어 부러지기 직전에 멈춘 것이다.

촤악!

순간 조형구는 왼팔이 태무악에게 잡힌 상태에서 실로 쾌속하고도 깨끗한 솜씨로 어깨의 검을 뽑아 그대로 태무악을 베어갔다.

"쯧쯧, 아서라, 형구야. 그러다 너 죽는다."

그때 백일낭이 팔짱을 끼면서 남의 일처럼 태연히 말하자 태무악의 머리를 향해 내리긋던 검이 반 자를 남겨두고 뚝 정지했다.

이어서 검을 어깨의 검실에 꽂고는 약간 굽죄는 태도로 툴툴 웃었다.

"으허허! 이봐! 친구끼리는 으르렁거리는 거 아냐. 어여 팔 놓게."

태무악이 묵묵히 팔을 놓아주자 조형구는 벌떡 일어나 왼팔을 휘휘 돌리면서 강가로 걸어가며 아무 일도 없었다는 듯 떠들어댔다.

"낭아! 내가 물고기 잡아서 구워줄 테니까 이리 와라."

"소금 쳐서 구워먹자."

백일낭은 발딱 일어나서 쪼르르 조형구를 뒤따라가면서 소리쳤다.

일각 동안 운공조식으로 약간의 공력을 모았으나 태무악은 사실 앉아 있기도 힘에 겨운 상태다.

그가 묻기도 전에 아직 정신이 남아 있는 중현이 먼저 입을 열었다.

"네가… 무악이로구나……."

순간 태무악은 눈을 약간 크게 떴다. 중현이 자신의 이름을 부를 줄은 꿈에도 생각하지 못했다.

더구나 부모나 일가의 어른들이 하듯 '무악이로구나' 라고 친근한 목소리를 낼 줄은 더욱 몰랐다.

그러나 태무악이 묻기 전에 중현이 먼저 그것에 대한 대답을 했다.

"벌써… 십오 년이나 흘렀구나. 내가 십오 년 전에 너를… 발견했다. 그리고 무간옥에 데려다 주라고 백호사자에게 넘겨주었지."

태무악의 눈이 더 커지고, 어금니가 악물렸으며, 두 주먹을 움켜쥔 채 몸이 부르르 떨렸다.

중현은 태무악의 처참했던 가족사를 설명하면서 마치 십오 년 전에 벽라촌 태씨 일가가 얼마나 단란했는지를 말해주는 백부 같은 표정을 짓고 있었다.

죽어가는 상태라서 목소리는 힘이 없지만 부드럽고 또 온화한 음성이었다.

그러나 태무악은 그 목소리가 진저리쳐지도록 가증스러웠다. 또한 핏기없이 창백한 얼굴에 흐릿하게 떠올라 있는 자상하면서도 또 회개하는 듯한 묘한 표정이 살심을 마구 자극했다.

"너를… 부모에게서 떼어놓은 것은 내 잘못이다. 너와 네 부모에게 용서를 빈다……."

사실 천존이 거느리고 있는 최측근이나 천중신군의 대부분은 정의로운 사람들이다.

천중신군에 사파나 마도의 인물들이 없는 것만 봐도 그 사실을 알 수 있다.

그들 대다수는 자신들이 하는 일이 무림의 정의와 평화를 위한 것이라고 굳게 믿고 있다.

때로는 죄가 없는 것 같은 무림인과 무림의 방, 문파를 죽이고 멸문할 때가 있어도, 그것이 옳은 일이고, 그래야지만 무림이 평화로울 것이라고 생각했다.

그리고 실제로 천존의 치하에서의 무림은 그 어느 때보다 평화로웠다.

그래서 천중신군은 그것을 위안으로 삼아 아무리 악독하고 비겁한 짓이라도 사심을 억누른 채 묵묵히 실행하고 있는 것이다.

만약 중현을 비롯한 천령구위나 태상삼사자 같은 거물들이 천존의 휘하가 되지 않았더라면, 그저 무림의 각 지역에서 그 지역의 평화를 위해 노력하거나 아니면 은거하여 무림의 명숙(名宿)이 되었을 것이다.

지금 중현은 천존의 수하이기 전에 무림의 명숙으로서 자신의 잘못을 태무악에게 참회하고 있는 것이다.

그는 겉으로는 초로인처럼 보이지만, 사실은 팔십 세가 훨씬 넘은 고령이다.

"그렇지. 너는 무간옥에서 자랐으니 아직 네 이름도 모르겠구나. 네 이름은 태무악이다……. 무악아… 너의 집은 강서성… 파양현 벽라촌이라는 곳이다. 지금 당장 그곳에 가서 네 부모를 만나거라. 천존에게 복수할 생각 같은 것은 모두 잊고… 가서 부모와 행복하게 살아라……."

중현은 심장에서 벌컥벌컥 피를 뿜으면서 헐떡였다.

"허억… 네 부모의 이름은……."

태무악은 와락 일그러진 얼굴로 주먹을 치켜들었다. 당장 중현의 얼굴을 짓뭉개 놓고 싶은 것을 간신히 참으면서 가래가 끓는 소리로 그르렁거렸다.

"그래, 내 이름은 태무악이고, 아버지는 태청명, 어머니는 소은한, 그리고 우리 가족이 살던 곳은 강서성 파양현 벽라촌의 청은장이었다."

"너… 그것을 어떻게……."

중현은 죽어가는 고통보다는 놀라움이 더 큰 듯 눈을 크게 뜨고 태무악을 쳐다보았다.

태무악의 얼굴 전체가 살기로 시퍼렇게 물들었다.

"나는 삼 년 전에 무간옥을 탈출하여 청은장 내 집으로 갔었다. 그러나 부모님은 이미 십이 년 전에 돌아가신 후였지. 장원에 머물던 모든 식솔들과 함께 말이다. 그리고 내 어머님은 윤간을 당하신 후 잔인하게 살해당하셨다. 그분들은 내가 납치되던 날 밤에 모두 돌아가셨다."

"그런……."

중현의 얼굴에 놀라움과 당혹이 떠올랐다.

태무악은 부르르 떨리는 주먹을 내리고 고개를 약간 숙인 채 중얼거렸다.

"삼 년 전의 나는 그리운 집에 돌아가서 부모님을 만나 모든 것을 잊은 채 살고 싶다는 소박한 꿈을 품고 있었다. 그때는 복수 같은 것은 생각하지도 않았다.”

그렇게 말하면서 그는 여태껏 한 번도 경험해 본 적이 없는 절절한 비애를 느꼈다.

부모님 무덤 앞에서 피눈물을 흘릴 때도 느껴보지 못했던 비애와 슬픔이다.

뜨거운 열기가 뱃속에서부터 솟구쳐 가슴을 거쳐 목으로 치받아 올라왔다.

“내 꿈은 산산이 부서졌다. 아니, 내 꿈 따위는 중요하지 않다. 너, 중현이라고 했나? 말해봐라, 중현. 대체 우리 부모님과 식솔들이 무슨 죄를 지었기에 그들을 그렇게 무참하게 살해했느냐?”

“…….”

중현은 아무 말도 하지 못했다. 커다랗게 부릅뜬 주름진 눈 가장자리에서 굵은 눈물이 주르르 흘러내릴 뿐이다.

죽어가는 사람은 중현인데 오히려 태무악이 힘겹게 헐떡거리고 있었다.

“흐으으… 그때 나는 결심했다. 천존의 수급을 베어 부모님 영전에 바치겠다고 말이다. 너는 내 결심이 잘못됐다고 생각하느냐?”

중현은 새하얗게 탈색된 얼굴로 입술을 씰룩였다.

“나는… 몰랐다……. 나는 너만 데리고 그곳을 떠났다…….

그러나 그런 일이 벌어졌다니… 미안하구나… 정말 미안하
다……."

태무악의 얼굴이 빠르게 평소의 무심함을 되찾아갔다.

"미안하다고? 그렇다면 네가 나를 도와줄 수 있겠군. 천존
이 있는 곳을 말해라."

그러나 중현은 갈등조차 하지 않고 보일 듯 말 듯 고개를 가
로저었다.

"그건… 말할 수 없다……."

"무엇 때문이냐?"

"그랬더라도… 어르신 덕분에 현재의 무림 평화가 유지되
고 있기 때문이다……. 너의 부모에겐 미안하다만……."

퍽!

"우리 부모에게 미안하다고?"

태무악의 주먹이 중현의 얼굴을 살짝 스치고 백사장 모래를
깊이 찍었다.

"너는 내 부모님을 누가 죽였다고 생각하느냐?"

"그때 나는 혼자… 그곳에 갔었다……."

"너는 언제나 혼자 다니느냐?"

"내 수하들이 있지만 그들은……."

천령구위 아홉 명 각자의 휘하에는 백 명씩의 수하가 있으
며, 그들을 천절위사(天絶衛士)라고 한다.

"그… 당시에 나는 일절… 위사(一絶衛士)부터 십절위사(十絶衛士)까지 열 명을 데리… 고 너의 집에 갔었다. 그러나 그… 들은… 내 명령 없이는 절대 움직이지 않… 는다……."

"그들이 내 부모님을 죽이고 어머님을 윤간하지 않았단 말이냐? 너는 그것을 확신할 수 있느냐?"

"……."

중현은 대답하지 못했다. 그 당시에 그는 세 살짜리 어린 태무악을 안고 기쁜 마음에 천존에게 달려가느라 거의 제정신이 아니었다.

그래서 이끌고 간 열 명의 수하가 뒤따라오는지, 아니면 무엇을 하는지 신경을 쓰지 않았고, 방금 전까지도 한 번도 생각해 본 적이 없었다.

중현의 수하들이 청은장을 몰살시켰을 가능성은 충분하다.

오행신체인 태무악을 납치한 사실을 영원히 은폐시키려고 그런 짓을 했을 수도 있다.

그렇다면 오행신체를 찾아 나선 천령구위를 수행하는 구백 명의 천절위사에게 천존이 직접 그런 명령을 내린 것이 분명하다.

천령구위는 하나같이 무림의 기인들이다. 그들이 살인멸구(殺人滅口)를 하려고 일가를 몰살시키는 파렴치한 짓을 할 리 만무하다. 그래서 천존은 천절위사에게 따로 명령을 내렸을 것이다.

만약 중현이 어린 태무악을 데리고 떠난 후 천절위사들이 청은장을 멸문하지 않았다면 귀신의 짓이라는 것이다.

결국 중현은 시인할 수밖에 없었다.

"그래… 그들 열 명의 천절위사가 그랬을 것이다."

그들이 아니면 청은장을 멸문시킬 사람이 없다. 식솔들을 마구잡이로 죽이고, 태무악의 모친을 윤간한 것은 비적들의 소행으로 보이게 하기 위해서였을 것이다.

천절위사들은 무고한 양민을 학살한 것으로도 모자라서 잔머리까지 굴린 것이다.

"그들… 열 명의 천절… 위사가 있는 곳을 알려… 주겠다."

중현의 눈에서 빛이 사라져 가고 있었다.

태무악은 손을 뻗어 중현의 심장을 손바닥으로 덮고 오화별기를 주입시켰다.

"허억!"

그러자 중현은 입을 크게 벌리고 헛바람을 들이켜더니 곧 얼굴에 화색이 돌았다.

그것으로 저승사자는 그를 일각 정도 더 기다렸다가 데려가야 할 것이다.

중현은 흐릿하지만 또렷한 목소리로 언제나 자신을 수행하는 일절부터 십절까지, 열 명의 천절위사가 어디에 있는지 알려주었다.

상전이 자신의 수하들을 죽이라고 타인에게 사주하는 것이다. 그렇지만 중현은 그들이 죽어 마땅하다고 생각했다.

"너, 중현. 잘 들어라."

중현은 여전히 자애로운 표정을 잃지 않으며 태무악을 올려다보았다.

그러나 태무악의 얼굴은 시간이 갈수록 무심해졌고 목소리는 더 싸늘해졌다.

"나는 지난 삼 년 동안 천하를 돌아다니면서 천존이 얼마나 많은 악행을 저질렀는지 똑똑히 확인했다."

중현은 태무악을 반박하고 싶지 않았고, 반박할 만한 말도 떠오르지 않았다.

"그런데 한 가지 궁금한 것이 있다. 무간옥에 끌려온 아이들의 부모와 식솔들은 과연 아직도 살아 있을까 하는 것이다. 너는 어찌 생각하느냐?"

중현은 생각했다. 무간자와 무간낭자를 만들려고 어린아이들을 납치하는 것은 백호사자의 휘하 백호단(白虎團)이 전적으로 맡고 있다.

그런데 여태껏 천하 곳곳에서 어린아이들이 납치됐다는 소문은 없었다.

그것은 소문을 내야 할 부모와 가족들이 모두 죽었기 때문일 것이다.

천령구위의 수하인 천절위사들마저 무고한 양민을 서슴없이 죽이는 마당에, 그보다 아래인 백호단이 그런 짓을 하지 않을 리가 없다.

잠시 생각하던 중현이 힘없이 중얼거렸다.

"휴우… 나는 왜 이제껏 그 생각을 못했는지 모르겠다. 네 말 대로 백호단은 어린아이들을 납치하면서 가족들을 몰살시켰을 것이다."

태무악이 차갑게 조소를 흘렸다.

"후후! 무림을 사람의 몸으로 친다면, 그 사람은 겉으로는 멀쩡한 것 같지만 사실은 온몸이 병든 것이다. 겨우 숨만 쉬고 있지만 스스로의 힘으로 살아 있는 것은 아니다. 병석에 누운 상태에서 누군가 떠먹여 주는 밥에 대소변을 받아내야 하고 눈만 껌뻑이고 있는 것이다."

그런 사실을 태무악도 방금 깨달은 것이다. 중현을 질타하다 보니까 하나둘씩 천존의 악행의 실체가 떠올랐고, 그것이 못내 저주스러운 것이다.

태무악의 비유는 중현의 골수에 박혔다. 그것은 너무도 적절한 비유고, 설명이었다.

중현은 아무 말도 하지 못하고 한참 동안 한숨을 쉬며 눈만 껌뻑거렸다.

사실 태무악이 이처럼 장황한 설명을 늘어놓는 이유는 단 한 가지다.

어떻게든 죽어가는 중현을 설득해서 천존이 있는 곳을 알아내려는 것뿐이다.

이윽고 한참 만에 중현이 자조 어린 표정으로 중얼거렸다.

"네 말이 맞다. 천존은 무림의, 아니… 천하의 죄인이다."

태무악은 흐릿한 회심의 미소를 슬며시 떠올렸다가 즉시 지웠다.

"이제 천존이 있는 곳을 말해주겠느냐?"

중현은 잠시 괴로운 표정을 지었다가 곧 자애로운 표정으로 돌아왔다.

"말할 수 없다."

태무악은 눈썹이 꿈틀 꺾였다.

"천존이 죄인이라면서 왜 말할 수 없다는 것이냐?"

"너를 보호하기 위해서란다."

"나를 보호해?"

태무악은 흰 이를 드러냈다.

"개수작 부리지 마라!"

"지금 너의 능력으로 천존을 상대하는 것은 계란으로 바위를 치는 것과 같다. 이 사실을 부인하느냐?"

중현의 차분한 말에 태무악은 대답할 말이 없었다.

"네가 지금 천존을 찾아가면 백이면 백, 죽는다. 네가 선택할 길은 두 가지다. 복수를 포기하던가, 아니면 더 힘을 키운 후에 천존을 찾아가라. 힘을 키우면 천존이 있는 곳은 자연히 알게 될 것이다."

태무악은 반박할 말이 궁색했다. 중현의 말이 백번 정확하기 때문이다.

만약 중현이 천존이 있는 곳을 알려준다면 태무악은 만사 제쳐 두고 달려가 일전을 벌일 것이고, 그 결과는 너무도 명약관화하다.

"나는 오래 버티지 못한다."

중현은 그 말을 하고 잠시 동안 태무악을 물끄러미 응시했다. 마치 그의 모습을 마음에 새겨두려는 듯한 행동이다.

이윽고 그는 조용히 입을 열었다.

"너는 오행신체다. 그 사실을 알고 있느냐?"

태무악은 고개를 가로저었다.

"전설에 의하면, 오행신체는 무엇을 하든 무적이 된다고 했다. 그렇지만 아무런 노력도 하지 않으면 오행신체도 범인과 다를 바가 없다."

태무악은 오행신체가 뭔지 모르고, 들은 적도 없다. 그리고 자신이 오행신체라는 중현의 말이 제대로 실감이 나지도 않았다.

　"지금의 너는 쇠를 품은 한 덩이 철광석(鐵鑛石)에 불과하다. 철광석을 녹여 제련을 하고 쇠를 뽑아서 수천 번을 두드려 한 자루 훌륭한 검을 만들면, 그때는 천존과 능히 대적할 수 있을 것이다."

　태무악이 뭐라고 반응을 보이기도 전에 중현은 눈을 감으면서 그의 파란장만한 생에서의 마지막 말을 중얼거렸다.

　"지금부터 열을 센 후에 발력채령술을 전개하여 내 공력을 가져가거라."

　태무악은 가볍게 표정이 변했다. 그런 말을 하지 않아도 그는 중현의 공력을 흡수할 생각이었다.

　그런데 막상 중현이 그런 말을 하자 묘한 기분이 들었다. 누군가 스스로 공력을 주겠다고 하는 것은 처음 있는 일이기 때문일 것이다.

　태무악이 굽어보자 중현은 지그시 눈을 감고 있는데, 무척이나 평온한 모습이다.

　공력을 강제로 뺏는 것과 주는 것을 받는 것과의 차이점을 태무악은 아직 모르고 있다.

　하지만 태무악은 이러다가 중현이 죽어버리면 공력 흡수도 물거품이 돼버린다고 생각했다.

　한가닥 숨이라도 남아 있어야 공력 흡수가 가능한 것이지, 죽어버리면 시체에서 공력을 흡수할 수 없는 것이다.

거기에 생각이 미치자 태무악은 즉시 오른손 손바닥을 활짝 펼쳐서 공력을 흡수하기 가장 좋은 부위인 중현의 단전에 밀착시켰다.

"……!"

그 순간 태무악은 흠칫 놀랐다. 손바닥을 통해서 기다렸다는 듯이 거대한 폭포 같은 기운이 격렬하게 쏟아져 들어왔기 때문이다.

그제야 그는 중현이 열을 세라고 한 이유를 깨달았다. 그 동안에 중현은 운공조식을 시작하여 자신의 공력을 태무악에게 전해줄 최상의 몸 상태를 만들어놓았던 것이다.

장심을 통해서 주입된 공력은 실로 노도처럼 태무악의 기혈을 따라 단전으로 모여들었다.

그리고 중현의 공력은 태무악이 예상했던 것보다 훨씬 고강했고 정심했다.

또한 태무악이 지금까지 강제로 공력을 흡수한 것과는 몇 가지 차이점이 있다.

강제로 흡수할 때의 백 년 공력을 한 병이라고 치자면, 지금 현재 태무악이 주입받은 공력은 세 병에 달했다. 그런데도 그치지 않고 계속 주입되고 있는 중이다.

그리고 강제로 흡수할 때에는 공력이 조각조각 흩어지고 또 매우 탁하다는 느낌이었다.

하지만 지금은 거센 강물처럼 흘러들어 오고, 또 심산유곡의 맑은 물처럼 깨끗한 공력이다.

다섯 병에 달하는 공력을 주입받고서야 마침내 흐름이 서서히 멈추었다.

그렇다고 다섯 병의 공력이 무려 오백 년 공력을 뜻하는 것은 아니다.

강제로 공력을 흡수했을 때의 백 년 공력이 한 병이고, 자진해서 줄 때는 백 년 공력이 두 병에 해당한다고 볼 수 있다.

그렇지만 태무악이 운공조식을 하여 흡수한 공력을 자신의 것으로 만들 때에는, 강제로 흡수한 백 년 공력은 십 년 남짓밖에 쓸 수가 없었다.

공력 주입이 완전히 끝났을 때 세 번째 차이점이 나타났다.

강제일 때에는 공력 흡수가 끝나면 상대의 몸뚱이가 한 줌의 먼지가 되어 흩어져 버렸었다.

그런데 중현은 자신의 공력을 모조리 다 주고서도 몸이 멀쩡했다.

태무악은 중현의 단전에서 천천히 손을 떼고 그를 묵묵히 굽어보았다.

그는 이미 숨이 끊어졌으며, 입가에는 자애로운 엷은 미소가 머금어져 있는 상태다.

중현은 십오 년 전에 태무악을 발견하여 그를 납치, 무간옥

으로 보낸 인물이다. 태씨 일가의 비극이 바로 그로부터 시작
되었다.

그가 아니었다면 태무악은 그토록 오랫동안 부모와 헤어져
있지 않았을 것이고, 부모와 식솔들이 떼죽음을 당하지도 않
았을 것이다.

그런 중현을 태무악이 죽였다. 복수를 한 것이다. 그런데도
이상하게 개운한 기분이 아니다. 아니, 오히려 무거운 짐을 진
듯 답답한 기분이다.

중현은 하수인일 뿐이다. 그에게 명령을 내린 것은 천존이
다. 천존을 죽여야지만 진정한 복수라고 할 수 있다.

태무악은 중현에게서 시선을 거두어 시끄러운 외침이 들려
오는 강가를 쳐다보았다.

어디에서 났는지 조형구가 낚싯대로 물고기를 잡고 있으며
그 옆에서 백일낭이 어린아이처럼 빽빽 소리를 질러대고 있는
중이다.

그 광경을 잠시 지켜보다가 태무악은 자세를 고치고 운공조
식을 하기 시작했다.

第八十七章
중현(仲玄)

조형구가 물고기를 잡는 방법은 신기하기 짝이 없었다.

그는 석 자 정도 길이의 짧은 낚싯대에 눈에 잘 보이지도 않는 가느다란 낚싯줄을 사용하는데, 놀라운 것은 미끼를 사용하지 않는다는 사실이다.

긴 낚싯줄 끝에 바늘을 달고, 그곳에 손톱보다 작은 크기의 작은 물체를 달았다.

그것은 마치 옷에 일어난 보풀 같은 모양이며, 바늘을 완전히 감싼 상태다.

낚싯대를 머리 위에서 빙글빙글 몇 차례 크게 원을 그리다

가 가볍게 떨치면 낚싯바늘이 십여 장이나 날아가 강 한복판
에 떨어졌다.

낚싯바늘과 보풀 같은 것은 물에 가라앉지 않고 수면에 둥
둥 떠서 물결을 따라 흘러내려 갔다.

그런데 수면에 뜬 그 모양이 영락없이 물에 빠져 날개를 퍼
덕이는 곤충을 닮았다.

보풀을 수면에 떨어뜨려 채 세 호흡도 지나기 전에 돌연 물
속에서 커다란 물고기가 튀어 오르면서 덥석 보풀을 삼켰고,
그 순간 조형구가 재빨리 낚싯대를 잡아채면 강가 백사장에
물고기가 털썩 떨어졌다.

그렇게 해서 잡은 물고기가 벌써 다섯 마리나 꿰미에 꿰여
백일낭에 손에 들려 있는데, 하나같이 한 자 이상 크기의 대어
들뿐이었다.

조형구의 낚시 솜씨는 가히 조선(釣仙)의 경지였다. 그는 대
어가 어디에 있는지 정확하게 알고 있었으며, 또한 그 위치로
한 치의 오차도 없이 보풀을 떨어뜨렸다.

"그쯤이면 됐겠지?"

조형구는 일곱 마리째 대어를 잡아 백일낭에게 주고는 낚싯
대를 거두기 시작했다.

석 자 길이 낚싯대를 분리하자 한 자짜리 굵기가 서로 다른
대나무 세 개가 되었고, 낚싯바늘과 보풀은 따로 작은 가죽 주

머니에 담았다.

그 가죽 주머니 안에는 여러 크기의 바늘들과 보풀 십여 개가 여러 개의 작은 주머니 안에 가지런히 담겨 있었다.

그로 미루어 조형구는 시간만 나면 심심치 않게 낚시를 즐기는 듯했다.

백일낭이 태무악에게서 멀지 않은 곳에 자리를 잡자 그때부터 조형구가 발 빠르게 움직이기 시작했다.

우선 조형구는 마른풀을 많이 구해와 바닥에 푹신하게 깔아 백일낭이 앉을 자리를 마련해 주었다.

백일낭은 당연하다는 듯 그곳에 앉아 늘어지게 하품을 했다.

조형구는 쉬지도 않고 다시 마른 나뭇가지들을 구해 와서 마른풀로 불쏘시개를 하여 불을 붙이고는 곧 나뭇가지에 불을 붙여 모닥불을 피웠다.

그리고 모닥불 양쪽에 큼직한 돌 두 개를 나란히 놓고 그 위에 얇고 평평한 돌을 얹은 후, 그곳에 배를 따서 손질한 물고기 두 마리를 얹었다.

솜씨가 워낙 재빠르고 능숙한 것으로 미루어 이런 일을 자주 해본 것처럼 보였다.

잠시 후 달구어진 돌 위에서 물고기가 맛있는 소리를 내며 익기 시작하자 조형구는 품속에서 작은 주머니를 꺼내 소금을 살살 뿌려 익힌 후 다른 평평한 돌에 옮겼다가 백일낭 앞에 놓아주었다.

"먹어봐."

백일낭은 기다렸다는 듯이 두 손바닥을 비비고는 뜨거운 물고기를 덥석 손으로 잡아 입으로 가져가 맛있게 뜯어 먹기 시작했다.

"어때?"

"음, 음, 먹을 만해."

백일낭의 대답에 조형구는 마냥 즐거운 듯 함박웃음을 지어 보였다.

그때부터 두 사람은 나란히 앉아서 맛있게 물고기를 먹으며 마치 아이들처럼 재잘재잘 이야기꽃을 피웠다.

이각이 지나 한차례의 운공조식이 끝난 후에 태무악은 천천히 눈을 떴다.

그런데 그의 눈에 놀라운 기색이 어른거렸다.

'이럴 수가……'

그도 그럴 것이, 공력이 무려 백 년이나 증진된 것이다.

아까 중현의 공력을 흡수할 때 확인한 것인데, 그의 내공 수위는 사 갑자를 약간 상회하는 이백오십 년 정도였다.

그런데 그중에 백 년 공력이 고스란히 태무악의 공력에 보태진 것이다.

놀라운 일이 아닐 수 없다. 아마도 공력을 강제로 흡수하지 않고 중현 스스로 주었기 때문일 것이다.

모르긴 해도 태무악이 알지 못하는 어떤 특수한 수법을 사용한 것이 분명했다.

이로써 태무악의 내공 수위는 자그마치 오 갑자 삼십 년, 즉 삼백삼십 년이 되었다.

공력이 백 년이나 증진되었다는 것은 그의 무공이 그만큼 막강해졌다는 뜻이다.

삼백삼십 년 공력을 바탕으로 뿜어내는 천강신력이나 무형신룡검과 광속참의 위력은 실로 가공하지 않겠는가.

태무악은 한차례 운공조식을 하는 과정에서 상처가 아까보다 조금 더 치료가 된 상태다.

더구나 삼백삼십 년 공력으로 운공을 하였으니 그 효능이 오죽하겠는가.

그는 잠자듯 평온한 표정을 지은 채 죽어 있는 중현을 복잡한 표정으로 묵묵히 굽어보았다.

그때 그가 운공조식을 마친 것을 발견한 백일낭이 손짓을 해서 불렀다.

"무간백구호, 이리 와서 이거 먹어라."

태무악이 일어나서 다가오자 백일낭은 조형구가 잔뜩 눈독을 들이고 있는 마지막 한 마리 남은 물고기를 냉큼 태무악에게 내밀었다.

태무악은 묵묵히 물고기를 뜯어 먹었다. 그러나 그는 곧 일어나서 다시 중현에게 걸어갔다.

이어서 강 언덕 너머의 숲 초입 아담한 공지에 구덩이 하나를 파고 중현을 그 안에 똑바로 안장시킨 후 흙을 덮어 봉분을 만들었다.

그리고는 강가에서 큼직한 바위 하나를 들고 와서 봉분 앞에 세우고는 손가락으로 글씨를 새겼다.

仲玄(중현).

집에서 속을 바짝바짝 태우면서 기다리고 있던 삼풍호개는 태무악이 청은루에 있다는 홍랑의 전갈을 받고 한달음에 주루로 달려갔다.

청은루까지 오는 동안 중년 서생으로 변장을 한 태무악은 주루에 도착하여 방으로 들어간 후에 다시 원래 모습으로 돌아갔다.

실내에는 태무악과 수피, 백일낭, 조형구가 둥근 탁자에 둘러앉아 있었다.

태무악이 상금에게 내장탕과 염통 소금구이를 주문하고 기다리는 동안 백일낭과 조형구의 시선은 수피에게 집중되어 떨어질 줄을 몰랐다.

"형구야, 이 여자 사람 맞는 거냐?"

"내가 묻고 싶은 말이다."

백일낭과 조형구는 수피의 이국적인 아름다움에 넋이 빠져서 정신을 차리지 못했다.

우란과 단예의 모습은 보이지 않았다. 그녀들은 아직도 태무악의 방에서 천극무조를 운공하느라 여념이 없었다.

그때 문이 벌컥 열리며 삼풍호개가 급히 들어왔다.

"태 형! 무사했군!"

그는 태무악이 무사한 것을 발견하고서야 크게 한숨을 토해내며 긴장을 풀었다.

그는 무령원에 갔던 일에 대해서 묻고 싶은 것이 많았으나 낯선 사람이 두 명이나 있는 것을 보고 꾹 눌러 참았다.

"넌 누구냐?"

백일낭은 비로소 수피에게서 시선을 떼고 삼풍호개에게 대뜸 물었다.

삼풍호개는 태무악 옆에 앉으며 빙그레 미소 지었다.

"아가씨는 무간낭자였군."

"그걸 어떻게 알지?"

삼풍호개는 때가 낀 새카만 손가락 두 개를 세우면서 태연히 대꾸했다.

"간단하오. 무간옥 출신들 성격은 둘 중 하나니까. 과묵하거나 아니면 거침없는 행동. 아가씨는 후자 쪽이오."

백일낭은 싱긋 웃었다.

"냄새 나는 거지치고는 똑똑하군. 마음에 들어. 넌 무간백구호와 어떤 사이냐?"

삼풍호개는 일부러 팔을 뻗어 태무악의 어깨를 감싸면서 친근하게 굴었다.

"제일 친한 친구요. 삼풍호개라고 하지."

그러자 조형구가 눈을 빛내며 손가락을 뻗어 삼풍호개를 가리켰다.

"호오! 이제 보니 개방 방주의 하나뿐인 제자 삼풍호개가 바로 자네였군?"

삼풍호개는 백일낭과 조형구에게 약간의 흥미를 느꼈다. 그런데 백일낭이 무간낭자 출신이라는 것은 알겠는데, 조형구의 정체를 알 수가 없었다.

젊은 기인으로 치자면 삼풍호개만 한 사람이 없다. 그렇지만 백일낭과 조형구도 그에 못지않은 듯했다.

태무악이 깊은 생각에 잠겨 있는 동안 삼풍호개는 빤히 조형구를 주시하며 요모조모 살펴보았다.

그런데도 조형구는 무안해하지 않고 오히려 잘 살펴보라는 듯 얼굴을 내미는가 하면 몸을 이리저리 틀어 보였다.

조형구는 이십사오 세 정도의 나이에 약간 마른 듯한 체구를 지녔으며, 제법 번듯하고 허여멀끔한 용모의 소유자인 동시에 양쪽 어깨에는 쌍검을 꽂고 있었다.

잘생겼다는 것과 얼굴에 항상 미소가 머금어져 있다는 것 외에는 별달리 특징이 없었다.

문득 삼풍호개의 시선이 조형구가 어깨에 메고 있는 검의 검파로 향했다.

검파는 흰색인데 거기에 날개를 접은 검은 까마귀 한 마리가 정교하게 새겨져 있었다.

그것을 보고 삼풍호개의 눈이 약간 커졌다. 그가 누군지 알아낸 것이다.

"이제 보니 귀하는 흑오사련(黑烏邪聯)의 젊은 우두머리인 소리쾌검(笑裏快劍)이었군?"

조형구는 호방하게 껄껄 웃으면서 크게 고개를 끄덕였다.

"하하하! 날 알아보다니, 삼풍호개 풍 형의 안목은 과연 명불허전이로군!"

만난 지 반 각도 지나지 않았는데 벌써 '풍 형'이라고 부르는 조형구의 넉살은 대단한 수준이었다.

"하하! 장강(長江)에서만 활동하는 소리쾌검 조형구, 조 형께서 머나먼 강북 북경성에는 어쩐 일인가?"

넉살이라면 꿀릴 삼풍호개가 아니다.

조형구는 엄지손가락을 세워 옆에 앉은 백일낭을 가리키면서 껄껄 웃었다.

"핫핫핫! 내 여자 친구가 유람을 좋아해서 천하를 두루 돌아다니다 보니까 여기까지 흘러왔네!"

"오, 그렇군."

"그리고 한 가지. 나는 더 이상 흑오사련의 총련주가 아닐세. 여기 내 여자 친구가 얼마 전에 총련주가 됐지."

"언제 그런 일이 있었나? 본 방에는 그런 사실이 보고된 적이 없는데?"

삼풍호개는 적잖이 놀라는 표정을 지었다.

흑오사련은 사파(邪派)다.

원래 정파인이나 마도인들은 사파를 무림의 한 축(軸)으로 인정하려고 들지 않지만, 사파도 엄연히 무림을 구성하고 있는 일계(一界)이다.

사파는 워낙 방대해서 그들의 세력 범위는 정파와 마도를 합친 것보다 세 배 이상 거대하고, 사파인은 다섯 배 이상이나 많다.

그렇지만 근 일만 개의 방, 문파가 있으면서도 단합이 잘되지 않아서 죄다 뿔뿔이 흩어져 있다.

그래도 그중 가장 큰 세력을 지니고 있는 집단이 두 개 있는데, 강북의 황하칠십이수로채(黃河七十二水路寨)와 강남의 장

강수로채(長江水路寨), 즉 흑오사련이다.

말하자면 흑오사련은 사파의 양대 산맥 중 하나인 거파인 것이다.

비록 사파라고 해도 그런 흑오사련의 총련주가 이곳에 나타났고, 또 얼마 전에 총련주가 바뀌었다는 것이다.

조형구는 태연하게 말을 이었다.

"지난달에 여기 있는 낭이가 본 련에 불쑥 찾아와서 다짜고짜 나하고 한판 붙자는 거야."

백일낭은 그런 말에는 흥미가 없는 듯 꼿꼿하게 앉은 채 시선을 정면으로 주고 눈동자도 움직이지 않았다.

그런 모습은 예전 무간낭자였던 시절에 몸에 밴 습관인데, 삼 년, 아니, 사 년이 다 돼가는 지금까지도 떨쳐 내지 못하고 있었다.

조형구의 생기발랄한 설명이 이어졌다.

"조건은 간단했어. 낭이가 지면 목숨을 내놓고, 내가 지면 총련주 자리를 내놓으라는 거야. 하하하! 그런데 오백 초 만에 내가 패했지 뭔가! 하하하!"

조형구는 뭐가 그리 좋은지 고개를 젖히고 대소했다.

"두 사람은 어떤 사이인가?"

예리한데다 넉살 좋기로는 조형구 뺨치는 삼풍호개가 불쑥 물었다.

그런 물음에 대답을 하지 못할 조형구가 아니다. 그는 짐짓 엉큼한 표정을 지으면서 팔을 뻗어 백일낭의 어깨를 부드럽게 감싸 안았다.

"하하! 우리? 겉으로는 총련주와 부련주고, 속으로는 내연 관계라고나 할까?"

이를테면 혼인을 하지 않은 연인 사이라는 것이다.

"만지지 마라. 하고 싶어진다."

그러자 백일낭은 얼굴이 붉어지고 눈이 충혈되면서 촉촉하게 젖은 목소리를 냈다.

조형구는 슬그머니 그녀에게서 손을 떼며 너스레를 떨었다.

"낭이는 손만 대면 흥분해. 시도 때도 없지. 이유를 물으니까 저 친구 때문이라더군. 하지만 저 친구가 낭이에게 뭘 어떻게 했는지는 모르겠네."

조형구가 말끝에 턱짓으로 태무악을 가리키자 삼풍호개와 수피는 의아한 얼굴로 그를 쳐다보았다.

그러나 태무악은 아무것도 모르는 듯 깊은 생각에 잠겨 있었다.

사실 현재의 백일낭은 천하에서 둘째가라면 서러울 정도의 색녀(色女)가 되어 있었다.

그리고 그 원인은 조형구의 말처럼 태무악 때문이었다.

삼 년 전에 태무악과 백일낭은 강소성에서 힘을 합쳐 영밀

고수들과 싸운 적이 있었다.

그때 백일낭이 중상을 입었으며, 치료하는 과정에서 태무악이 그녀의 옷을 벗기고 아랫배를 치료하다가 약이 음부로 흘러내리자 그것을 훑어 올린 적이 있었다.

태무악이 손이 음부를 훑자 백일낭은 엄청난 쾌감을 느끼면서 자지러졌고, 태무악에게 몇 번이고 음부를 훑어달라고 죽어가는 소리로 요구했었다.

이후 그녀는 음부를 만지면 극도의 쾌감을 느낄 수 있다는 사실을 깨닫고 건장한 남자를 만나기만 하면 으슥한 곳으로 끌고 가서 음부를 만져 달라 요구를 했고, 그 과정에 자연스럽게 정사를 하게 되었다.

바야흐로 음부를 만지는 것보다 정사가 훨씬 좋다는 사실을 알게 된 그녀는 그때부터 희대의 색녀가 된 것이다.

주문했던 내장탕과 염통 소금구이, 그리고 태무악이 먹고 마실 요리와 술을 홍랑과 점소이가 갖고 들어와 탁자에 늘어놓고 나갔다.

요리 향기에 이미 흥분을 느낀 백일낭과 조형구는 맛을 보더니 그때부터 거의 광분해서 먹기 시작했다.

"호개, 형님 소식은 아직 없느냐?"

식사가 거의 끝나갈 무렵, 묵묵히 술을 마시던 태무악이 삼풍호개에게 물었다.

이틀 전 밤에 태무악과 조철악은 북경성 밖 백운관 주루에 철장신개를 만나러 갔다.

그때 철장신개가 갑자기 나타난 백호칠령 때문에 오도 가도 못하는 신세가 된 것을 알고 조철악이 백호칠령을 다른 곳으로 유인하러 갔다가 그 이후부터 아직까지 돌아오지 않고 있는 것이다.

그래서 삼풍호개는 개방 제자들에게 조철악의 용모파기를 가르쳐 주고 찾으라고 지시를 했고, 태무악은 거기에 대해서 물은 것이다.

삼풍호개는 씁쓸하게 고개를 가로저었다.

"아직 없네. 조금 더 기다려 보세. 설마 형님께 무슨 일이야 있겠나?"

당금 무림에서 조철악을 어쩔 인물이 거의 없다는 사실을 알고 있지만 그래도 은근히 걱정되는 것을 어쩌지 못하는 태무악이다.

그때 그는 문득 한 가지 사실을 깨달았다. 자신이 집을 떠나 있으면 집에 남아 있는 가족들이 지금 자신과 같은 심정일 것이라는 사실이다. 아니, 그보다 훨씬 더 걱정을 하고 애가 탈 것이다.

문득 그는 옆에 앉은 수피를 쳐다보았다.

그의 술시중을 들면서 말끄러미 바라보고 있던 수피가 방긋 미소를 짓는다.

'이렇게 착한 녀석을……'

그는 팔을 뻗어 수피의 뺨을 어루만졌다.

수피는 깜짝 놀라더니 곧 얼굴이 능금처럼 발개졌다. 그러나 기쁜 표정을 감추지 못했다.

'내 손길 하나에 이처럼 기뻐하는 아이거늘.'

화운성에게 떠나지 말라고 애원하는 주령의 모습이 생생하게 떠올랐다.

배신감이 지독했던 만큼 수피가 더 안쓰럽고 사랑스럽게 여겨지는 것은 자연스러운 현상이다.

"헤헤, 너무 좋아!"

수피는 얼른 두 팔로 태무악의 팔을 잡고 터질 듯 풍만한 가슴으로 끌어안으며 발갛게 상기된 얼굴에 행복한 미소를 가득 떠올렸다.

"무간백구호, 그녀는 네 여자냐?"

그 모습을 보고 백일낭이 호기심 어린 표정으로 물었다.

태무악은 팔을 뻗어 수피의 가녀린 어깨를 끌어당겨 포근히 안았다.

"그래."

그 말에 수피의 늘씬하고 또 풍만한 몸이 바르르 세차게 경련을 일으켰다.

그리고는 기다렸다는 듯 그녀의 호수처럼 맑고 파란 두 눈에 소르륵 눈물이 가득 고였다.

"수피는 내 여자다."

감동이 북받쳐 오르고 있는데 또다시 태무악의 그런 말이 들렸다.

"으흑흑!"

순간 수피는 격렬하게 울음을 터뜨리며 태무악의 품으로 안겨들었다.

태무악은 그녀의 등을 부드럽게 토닥이면서 그녀가 얼마나 외로웠는지, 그리고 자신만 바라보면서 살아왔는지를 조금쯤 알 것 같았다.

식사가 끝난 후에 집으로 자리를 옮겼다.

청은장에서 태무악으로부터 기대하지도 않았던 '내 여자'라는 낙점을 받은 수피는 행복에 겨워서 술을 내온다. 요리를 만든다. 태무악 옆에 앉아서 시중을 든다. 엉덩이에서 비파 소리가 날 정도로 정신없이 바빴다. 그러나 오늘은 그녀 일생에 최고로 행복한 날이다.

"야, 무간백구호."

청은루에서부터 쉬지 않고 술을 마셨으나 얼굴색조차 변하지 않은 백일낭이 이곳에서도 손을 쉬지 않고 계속 술잔을 비우다가 불쑥 태무악을 불렀다.

태무악은 그녀를 쳐다보지도 않는데 요리를 탁자에 내려놓던 수피가 방그레 미소 지으며 대신 대답했다.

"언니, 오라버니 이름은 태무악이에요."

"그래? 누가 지었는지 근사한 이름인데?"

백일낭이 신기하다는 듯한 표정을 지었다.

이번에는 삼풍호개가 대답했다.

"누가 짓긴, 당연히 부모님이지."

"부모?"

백일낭은 눈을 크게 뜨며 놀라는 표정을 지었다. 하늘이 무너져도 까딱도 하지 않을 것 같던 그녀가 부모라는 말에 의외의 반응을 보였다.

"너… 부모가 있었어? 그걸 어떻게 알았어?"

서너 살 어린 나이에 납치를 당해 무간옥에서 오직 살인 수법만 배우면서 성장한 무간자와 무간낭자는 부모가 누군지는 커녕 무엇인지도 몰랐다.

그러나 무간옥을 탈출하여 세상에 나와서 숱한 시행착오를 거치는 과정에서 백일낭을 가장 당혹하게 만들고 또 슬프게 만든 것이 바로 '부모'와 '가족'이라는 존재였다.

다른 것들은 어떻게든 소유할 수 있는데, 부모나 가족만큼은 어떻게 해볼 도리가 없었다.

부모가 누군지, 살았는지 죽었는지, 아니, 자신의 근본 뿌리가 무엇인지조차도 모른다는 사실은 세월이 흐를수록 불치병처럼 백일낭을 괴롭혔다.

그런데 같은 무간옥 출신인 태무악이 마치 부모를 알고 있으며 만난 것 같다는 생각이 들자 바짝 긴장을 하고 흥미를 느끼는 백일낭이다.

그때부터 삼풍호개가 태무악에 대해서 자신이 알고 있는 사실들을 설명하기 시작했다.

설명이 끝나자 수피는 주방에 서서 소리없이 울었고, 백일낭과 조형구는 굳은 표정으로 굳게 입을 다물고 있었다. 너무도 충격적인 이야기였다.

수피는 예전에도 삼풍호개를 졸라서 몇 번이나 들었던 내용인 데도 불구하고 들을 때마다 슬픔을 이기지 못해서 눈물을 펑펑 흘리기 일쑤다.

한참 만에 백일낭이 이 가는 소리를 냈다.

"이제 보니 천존이라는 놈이었군, 우릴 납치해서 무간옥에 가둔 작자가."

무간옥을 탈출한 이후 그녀는 아무것도 모른 채 그냥 마음 가는 대로 살아왔었다.

가끔 자신은 누굴까, 부모는 누굴까, 어쩌다가 무간옥에서 그런 생활을 하게 된 것일까, 하는 의문들이 생겼으나 하나같이 해답이 없었다.

그런데 이제야 알게 되었다, 어린 자신을 비롯한 수많은 무간자들을 납치한 원흉이 천존이라는 사실을.

"무악, 그 자식 어디에 있지? 죽이러 가자."

백일낭은 분을 참지 못하고 씨근거리다가 벌떡 일어나면서 태무악을 재촉했다.

그녀는 묵묵히 술만 마시고 있는 태무악을 보며 기세등등하게 외쳤다.

"나한테는 흑오사련이 있어! 내 명령 한마디면 자그마치 오천 명이 물불 가리지 않고 무슨 일이라도 할 거야!"

하지만 좌중은 조용했다. 그것이 못마땅한 백일낭은 손바닥으로 탁자를 두드리며 씨근거렸다.

"같이 가지 않겠다면 천존이 어디에 있는지만이라도 가르쳐 줘! 당장 가서 난도질을 해버리겠어!"

더 이상 두고 볼 수가 없는지 조형구가 백일낭의 손을 잡고 자리에 앉히며 입을 열었다.

"낭아, 우선 내 말을 들어보고 나서 천존을 죽이러 가든 마음대로 해라."

문득 백일낭은 다들 잠자코 앉아 있는 데에는 그럴 만한 이유가 있을 것이라고 생각하여 일단 조형구의 말이나 들어보기로 했다.

조형구는 좌중의 분위기로 미루어 태무악 등은 천존에 대해서 어느 정도 알고 있을 것이라고 짐작했다.

"낭아, 무림에서는 천존을 하늘이라고 부른다."

백일낭이 싸늘하게 내뱉었다.

"그 자식이 하느님이라도 된다는 거야?"

"그래, 천존은 무림의 하느님이야."

이어서 조형구는 자신이 알고 있는 천존에 대한 것들을 차근차근 설명하기 시작했다.

그가 천존에 대해서 알고 있는 것은 그리 많지도, 자세하지도 않았다.

하지만 백일낭에게 거센 충격을 주고, 당장 천존을 죽이러 가자는 그녀의 등등한 기세를 꺾어놓기에는 충분했다.

그녀는 조형구의 설명을 듣고 몹시 충격을 받은 것 같은 표정이다.

언제나 거칠 것이 없고 다혈질인 그녀지만 지금은 딱딱하게 굳은 얼굴로 꼿꼿하게 앉은 채 한참 동안이나 아무 말도 하지 않았다.

태무악은 처음부터 백일낭이 일으킨 소동에는 관심이 없는 듯 묵묵히 술만 마셨다.

그가 그런 모습일 때는 매우 중요한 일을 골똘하게 궁리하

고 있으며, 또 머지않아서 큰 사건이 벌어질 것이라는 사실을
익히 알고 있는 삼풍호개는 적잖이 긴장한 얼굴로 가끔 태무
악을 힐끔거렸다.

"무악아, 너 이런 데서 주루 따위에 매달려 있지 말고 나랑
같이 흑오사련으로 가자. 솔직히 말해서 너는 나보다 더 고강
하잖아."

한참 만에 백일낭이 좀처럼 보기 어려운 진지한 표정으로
태무악을 종용했다.

그가 대답이 없자 백일낭은 주먹을 불끈 움켜쥐면서 눈을
세모꼴로 만들었다.

"아무리 생각해도 도저히 천존이라는 놈을 용서할 수가 없
어. 무슨 수를 써서라도 기필코 놈을 죽여야겠다. 우리, 힘을
모아서 놈을 죽이자. 응?"

태무악이 처음으로 반응을 보였다. 그는 가볍게 고개를 끄
덕이면서 중얼거렸다.

"그럼 내 곁에 있어라."

"무슨 빌어먹을 헛소리야? 조금 전에 형구가 하는 말, 듣지
못한 거야? 천존은 어마어마한 작자라구! 흑오사련을 총동원
한다고 해도 그 자식의 발끝에도 못 미치는데 여기에서 뭘 어
쩌자는 거야?"

백일낭은 태무악이 무간옥을 탈출하여 고향으로 찾아갔다

가 부모가 죽은 것을 알고 이곳 북경성으로 와서 주루를 운영
하며 소일하고 있는 것으로 생각하고 있었다.

"두 사람."

그때 삼풍호개가 더 이상은 듣고 있을 수 없다는 듯 목소리
를 착 깔고 입을 열었다.

"당금 무림에서 가장 유명한 별호 하나만 대봐."

백일낭과 조형구는 난데없이 무슨 헛소리냐는 듯 삼풍호개
를 쳐다보다가 동시에 대답했다.

"당연히 신풍혈수지."

"대살성(大殺星) 신풍혈수 말고 누가 있겠나?"

삼풍호개는 고개를 끄덕이며 흐릿한 미소를 지었다.

"천존에게 복수하려면 신풍혈수와 너희 중에 누가 더 가능
성이 있을까?"

"그야… 신풍혈수겠지."

이구동성인 대답에 삼풍호개는 고개를 끄덕였다.

"그렇게 생각한다면 태 형 곁에 있도록 해."

백일낭과 조형구는 이해할 수 없다는 표정으로 태무악을 쳐
다보았다.

그러다 문득 조형구의 눈이 약간 커졌다. 태무악의 얼굴이
왠지 낯이 익은 느낌이 든 것이다.

눈을 껌뻑거리면서 태무악을 뚫어지게 주시하던 조형구의

입에서 비명 소리가 터져 나오기까지는 그리 오랜 시간이 걸리지 않았다.

"으악!"

"뭐야? 갑자기 왜 지랄이야?"

혼자만 이유를 모르는 백일낭이 난데없는 조형구의 비명에 슬쩍 인상을 썼다.

조형구는 팔을 뻗어 태무악을 가리키며 귀신을 본 듯한 얼굴로 더듬거렸다.

"이… 친구… 아니, 이 사람이… 신풍혈수야!"

"미친놈, 지랄하고 자빠졌네."

언젠가 우연히 대천색령의 전신을 한 번 본 적이 있는 조형구와 신풍혈수라는 별호만 귀가 따갑게 듣기만 한 백일낭의 차이가 극명하게 드러나는 순간이다.

조형구는 자신이 그녀를 설득하는 대신 만만한 삼풍호개를 보며 확인을 했다.

"풍 형! 내 말이 맞지? 태 형이 신풍혈수지?"

삼풍호개는 신풍혈수가 자신의 별호라도 되는 양 으스대며 고개를 끄덕였다.

"물론. 맞고말고."

"거 봐……."

아직도 놀라움과 충격이 가시지 않은 조형구가 태무악에게

서 시선을 떼지 못하며 중얼거렸다.

백일낭은 흑백이 또렷한 아름다운 눈을 깜빡이며 태무악을 쏘아보았다.

"야! 무악! 네가 정말 신풍혈수야?"

태무악은 가볍게 고개를 끄덕였다.

그래도 믿기 어렵다는 듯 한동안 더 태무악을 주시하던 백일낭은 한참 만에야 신음 섞인 소리를 흘렸다.

"끙! 이 자식, 나를 감쪽같이 속이고 있었어."

역시 백일낭은 백일낭이다. 태무악이 신풍혈수라는 사실을 알고서도 놀랐을지언정 그를 대하는 태도는 조금도 변하지 않았다.

삼풍호개가 손을 저으며 너스레를 떨었다.

"껄껄껄! 태 형이 속인 게 아니라 너희가 눈이 어두워서 사람을 알아보지 못한 거지."

"넌 아가리 닥치고 가만히 있어!"

"넵!"

백일낭이 성난 암표범처럼 윽박지르자 삼풍호개는 자라처럼 목을 움츠렸다.

삼풍호개와 수피는 조심스럽게 백일낭을 바라보면서 어떻게 저토록 아름답고 여리게 보이는 소녀의 입에서 그처럼 험한 말이 쏟아져 나오는 것인지 신기하다는 표정을 지었다.

묵묵히 술만 마시고 있는 태무악을 잠시 뚫어지게 주시하던 백일낭이 이윽고 시선을 거두며 고개를 끄덕였다.

"좋아, 흑오사련 총련주 자리를 무악, 너에게 양보하겠다. 지금부터 네가 총련주다."

태무악은 술을 입안에 쏟아 넣고 빈 잔을 내려놓으며 조용히 말했다.

"흑오사련은 필요없다. 내가 필요한 것은 낭이, 너다. 내 곁에 남던가 아니면 가라."

"저 쌍놈의 새끼가……."

백일낭이 발끈해서 폭발하려는 것을 조형구가 급히 손을 뻗어 입을 막았다.

그때 태무악이 삼풍호개에게 불쑥 물었다.

"호개, 오군도독부(五軍都督府)가 어디냐?'

"거긴 왜?'

느닷없이 오군도독부의 위치를 묻자 삼풍호개는 의아한 표정을 지으며 반문했다.

"그곳에 삼천절대의 수하 열 명이 있다."

삼풍호개는 자신이 태무악의 말을 잘못 들은 것이라고 생각했다.

"지금 뭐… 라고 그랬나?'

"그곳에 삼천절대의 수하 열 명이 있다."

태무악은 똑같은 말을 반복했다.

같은 말을 두 번씩이나 잘못 들었을 리가 없다고 여긴 삼풍호개는 턱 떨어진 표정이 되어 넋 나간 듯 중얼거렸다.

"설마… 천존의 최측근인 천령구위의 삼위, 삼천절대를 말하는 것은 아니겠지?"

"맞다."

태무악은 무슨 말을 할 때마다 기겁하는 상대를 일일이 확인시켜 줘야 하는 이런 과정이 지겨웠다.

그러나 목적한 바를 이끌어내기 위해서는 꼭 거쳐야 할 과정이기 때문에 인내심을 갖고 대답해 주었다.

이런 상황일 때마다 자주 놀라는 삼풍호개도 이력이 났는지 경악하는 시간이 횟수를 거듭할 때마다 짧아졌다. 그는 침착함을 유지하려고 애쓰면서 물었다.

"그들이 도독부에 있다는 사실은 어떻게 알았나?"

"삼천절대에게 직접 들었다."

겨우 침착함을 되찾아가고 있는 삼풍호개의 눈이 휘둥그렇게 떠졌다.

"사, 삼천절대를 만났다고?"

천령구위가 무엇인지 모르는 백일낭과 조형구지만, 천존의 최측근이라는 말을 듣고 엄청 고강한 인물일 것이라고 막연히 짐작하고 있었다.

태무악이 고개를 끄덕이자 삼풍호개는 제정신을 차리지 못하고 급히 물었다.

"그래서 어떻게 됐나? 싸웠나?"

태무악은 자신이 귀찮아지지 않고 또 원하는 대답을 빨리 얻어내려면 이쯤에서 일의 전말을 간략하게 설명해 주어야겠다고 생각했다.

"삼천절대를 만나 싸워서 그를 죽였고, 죽기 직전에 그자의 입에서 자신의 수하인 일절위사부터 십절위사까지 열 명이 내 부모와 식솔들을 죽였다는 말과 그자들이 어디에 있는지를 들었다."

"마, 말도 안 돼……."

삼풍호개는 아예 크게 벌어진 입에서 침을 질질 흘리며 신음을 흘렸다.

태무악이 삼천절대를 만났다는 것부터 믿어지지 않는 일인데, 그런 어마어마한 자하고 싸워서 살아남은 것이 아니라 오히려 그자를 죽이고, 또 그자의 입에서 굉장한 정보를 얻어내기까지 했으니, 삼풍호개가 어찌 제정신을 가지고 그 말을 쉽사리 믿을 수 있겠는가.

태무악이 백일낭과 조형구를 쳐다보았다.

"이들도 삼천절대가 죽는 것을 봤다."

그러자 두 사람은 놀라서 동시에 소리쳤다.

“그놈이 바로 그놈이었어?”

“태 형이 심장을 찔러 죽인 그자가 삼천절대였다고?”

이쯤 되자 삼풍호개는 믿지 않을 도리가 없었다. 그는 눈을 꾹 감고 한동안 심호흡을 하다가 다시 눈을 뜨고 나서도 놀라움이 가시지 않은 얼굴로 중얼거렸다.

“음! 내가 오래 살려면 태 형을 멀리해야만 되겠어.”

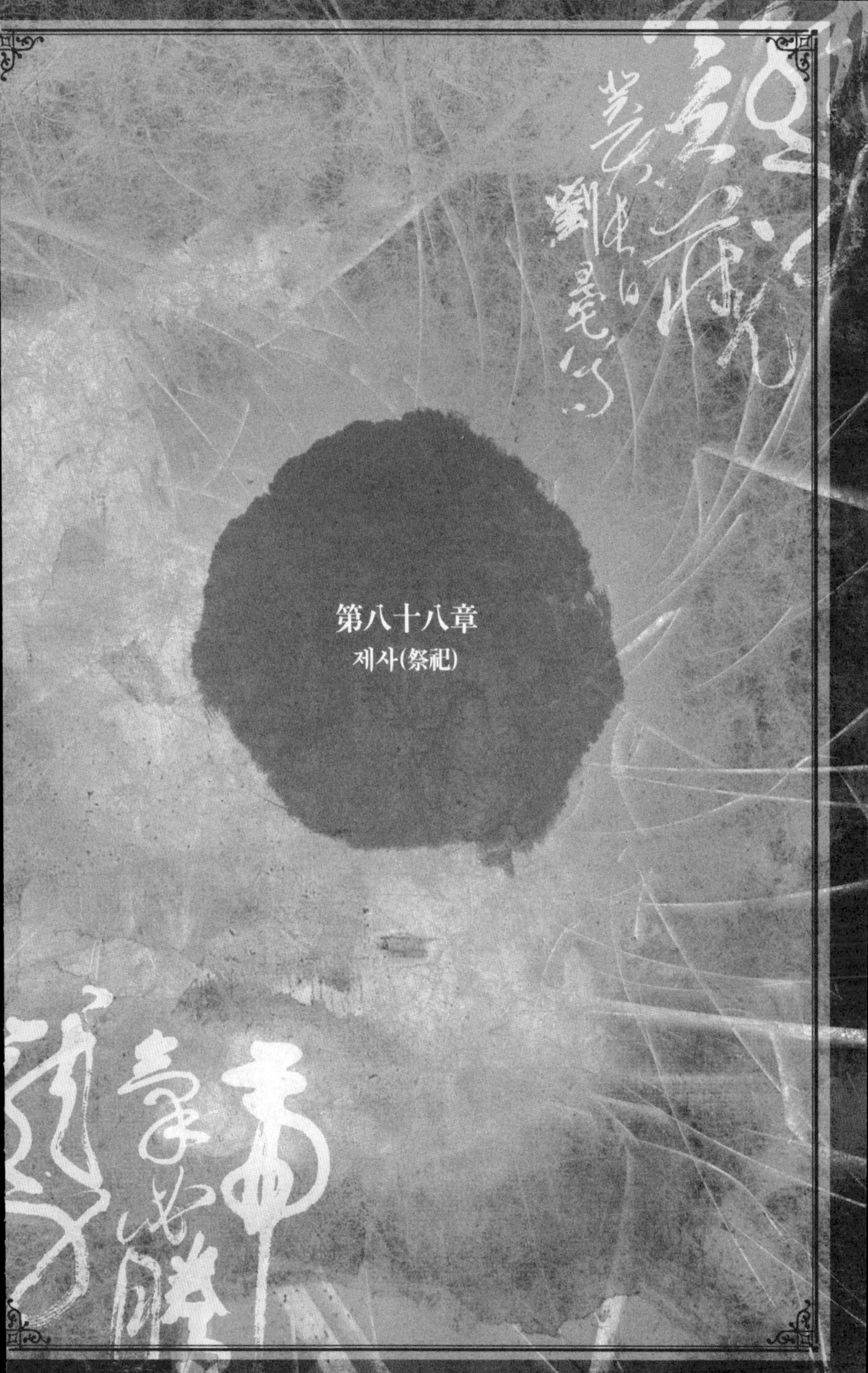

第八十八章
제사(祭祀)

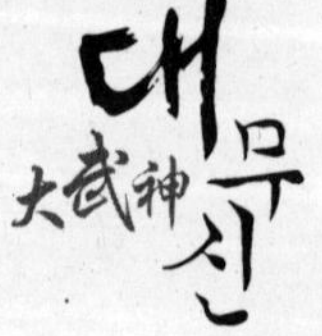

명대(明代)에는 오군도독부가 전체 군사를 총괄했다.

오군도독부가 위치한 곳은 북경성 동쪽 조양문(朝陽門) 근처로, 규모로는 자금성 다음갈 정도로 웅장했다.

다음날 늦은 아침.

근 백여 채에 달하는 오군도독부 대전각군 남쪽의 아담한 인공 호수 가장자리에 있는 세 채의 전각 중 오른쪽 전각을 향해 한 사람이 절도있는 걸음걸이로 다가가고 있다.

사십대 중반의 나이에 붉은 관복에 모자를 썼는데, 그것은 만 명의 군사를 통솔하는 위지휘(衛指揮)의 복장이었다.

전각 입구로 다가가는 위지휘는 자신을 보고 바짝 긴장하여 예를 취하며 군호를 외치려는 두 명의 군사에게 손을 저어 조용히 하라는 신호를 했다.

전문 입구를 통과한 위지휘는 재빨리 일층을 둘러보고 나서 즉시 계단을 올라갔다.

이 전각은 이층까지라서 계단은 이층에서 끝났다. 계단을 다 오른 위지휘는 그곳에 서서 천천히 주위를 살펴보았다.

계단 바로 앞쪽은 꽤 넓은 대청이고, 그곳을 중심으로 방사형(放射形)으로 여러 갈래의 복도가 뻗어 있으며, 복도 양쪽과 막다른 곳에 수십 개의 방이 있는 구조였다.

위지휘. 그는 이곳으로 오는 도중에 위지휘 한 명을 제압하여 명화전(明華殿)의 위치를 묻고 또 그의 모습으로 변장을 한 태무악이다.

삼천절대 중현의 말에 의하면, 오군도독부 명화전 이층 전체를 자신과 수하들이 사용하고 있으며, 이십여 명의 하녀가 시중을 든다고 했다.

태무악은 슬쩍 공력을 끌어올려 초라기경술을 전개하여 이층 전체를 감지해 보았다.

세 호흡이 지난 후 그는 똑바로 걸어나가다가 한복판의 광장에서 북쪽으로 난 복도로 방향을 꺾어 막다른 방을 향해 곧장 걸어갔다.

그 방에 고강한 고수가 한 명 있는 것을 감지했기 때문이다.

가끔 지나치는 하녀들이 예를 취했으나 그는 거들떠보지도 않고 이윽고 목적한 방 앞에 당도했다.

하지만 그는 걸음을 멈추지 않고 그대로 문을 열고 안으로 들어가 등 뒤로 방문을 닫았다.

실내는 매우 넓고 화려했으며 침상과 온갖 가구들이 완벽하게 갖추어져 있어서 생활을 하는 데 조금도 불편함이 없을 듯했다.

실내 창 쪽, 환하게 볕이 들어오는 곳에 한 인물이 푹신한 호피의에 앉아서 앞에 놓인 작은 탁자에 종이를 펼쳐 놓은 채 서찰을 쓰고 있었다.

그자는 쓰기를 멈추고 위지휘 복장의 태무악을 힐끗 쳐다보았다.

"뭔가?"

그는 위지휘가 자신을 찾아올 이유가 없기 때문에 잘못 찾아왔을 것이라고 짐작했다.

그러자 태무악은 대답없이 곧장 그 인물을 향해 걸어갔다.

값 비싸고 산뜻해 보이는 비단 백의 장삼을 입고 있는 오십대 중반의 백삼인은 한 뼘쯤 자란 반백의 수염을 쓰다듬으며 슬쩍 미간을 좁혔다.

"무슨 일이냐고 묻지 않는가?"

　손님으로 있는 곳에서 문제를 일으키고 싶지 않은 백삼인은 조용한 어조로 상대를 꾸짖었다.

　그러나 대답 대신 태무악은 걸어가면서 가볍게 오른손을 들어 올렸다.

　투우…….

　들어 올리자마자 중지에서 투명에 가까운 아주 흐릿한 붉은 빛살이 뿜어졌다.

　적혼지다.

　태무악의 느닷없는 공격에 백삼인은 가볍게 어이없다는 표정을 짓더니 곧 슬쩍 눈살을 찌푸렸다.

　"건방진."

　그는 상대가 자신을 암살하러 온 것이라고 판단했다. 또한 상대가 이제 겨우 지풍을 발출하는 시늉만 낼 줄 아는 수준이라고 생각했다.

　그도 그럴 것이, 지풍이 매우 흐릿했으며 또 믿어지지 않을 정도로 느렸기 때문이다.

　그러나 그것이 착각이었다는 사실을 깨닫기까지는 채 반 호흡도 걸리지 않았다.

　창에서 쏟아져 들어오는 햇살을 뚫고 느릿느릿 쏘아오는 듯하던 흐릿한 붉은 빛살은 백삼인이 중얼거린 '건방진' 이라는 말이 끝나는 순간, 그의 코앞에서 세 갈래로 쫙 갈라지더니 양쪽 어깨와 턱, 세 군데를 가볍게 적중시켰다.

파파팍!

"……."

백삼인, 즉 삼천절대 휘하 백 명의 천절위사의 우두머리인 일절위사, 즉 위수(衛首)는 한순간 머릿속이 텅 비는 듯한 느낌을 받아야만 했다.

그는 무려 이백이십 년 공력의 절정고수지만, 방금 자신에게 무슨 일이 일어난 것인지 깨닫지 못했다.

그만큼 상대를 과소평가했으며, 순식간에 제압당해 버렸기 때문이다.

앉은 자리에서 일어나지도, 피하려는 자세도 취하지 못한 상태에서 당한 위수 앞에서 태무악이 걸음을 멈추었다.

"너는 몇 위사냐?"

태무악이 그렇게 물을 때에야 위수는 비로소 자신이 제압됐다는 사실을 알았다. 아니, 그저 알았을 뿐이지 아직 머리가 인식하지는 못했다.

"네놈은……."

척!

위수가 인상을 쓰며 말을 하는데 태무악이 커다란 손을 활짝 펼쳐서 그의 머리를 덮었고, 그 순간 진기가 머릿속으로 파도처럼 주입됐다.

위수는 순식간에 치령술에 걸려 심지가 제압되어 버렸다. 그의 공력은 이백이십 년에 달하지만 태무악의 상대가 될 수는 없었다.

"너는 누구냐?"

"일절위사입니다."

그 이후에는 주인과 종의 문답이 이어졌다.

"이절위사부터 십절위사까지는 어디에 있느냐?"

"소저를 찾으러 나갔습니다."

"소저가 누구냐?"

"어르신의 손녀입니다."

태무악은 흠칫해서 다시 물었다.

"어르신이란 천존을 말하는 것이냐?"

"그렇습니다."

그때 태무악의 머리를 스치는 것이 있었다. 화운성이 개방에 찾아와서 소녀 한 명을 찾아달라고 부탁했던 일이 기억난 것이다.

"손녀의 이름이 뭐냐?"

"사도옥입니다."

태무악은 사도옥과 화운성의 관계와 가족에 대해서 자세히 알아내고 나서 천존에 대해서 물었다.

"천존은 어디에 있느냐?"

"악양입니다."

"악양 어디냐?"

"거기까지는 모릅니다."

"모른다고?"

심지가 제압된 상태에서 모른다고 말하면 정말 모르는 것이다. 그래서 태무악은 맥이 풀렸다.

"천령구위도 모르느냐?"

"그분들은 알고 계십니다."

"그런데 그들의 수하인 너희가 모른다는 것이냐?"

"천령구위의 사저(私邸)는 악양성 내 아홉 곳의 장원인데 우린 그곳에서 기거하면서 어르신이나 그분들의 명령을 받듭니다."

태무악은 종이에 천령구위의 아홉 군데 장원의 위치를 자세히 적게 한 다음에 마지막으로 알고 싶은 것을 물었다.

"십오 년 전에 너희는 강서성 파양현 벽라촌의 청은장을 몰살시킨 적이 있었지?"

"그렇습니다."

지그시 이금니를 악문 태무악의 눈에서 푸르스름한 안광이 흘러나왔다.

"누구의 명령이었느냐?"

"오행신체를 발견하면 일가를 몰살시키되, 비적의 소행으로 보이게 하라는 어르신의 천명이었습니다."

"네 상전 중현은 모르는 일이었느냐?"

"그렇습니다."

중현의 말이 맞았다. 그는 어린 태무악만 안고 청은장을 떠났으며, 뒤에 남은 열 명의 천절위사가 청은장을 피로 씻은 것이었다.

"누가 그들을 죽였느냐?"

"구절과 십절입니다."

"여인을 겁탈한 것은 누구냐?"

"구절과 십절입니다."

태무악은 분노로 몸이 부들부들 떨렸으나 묻는 것을 멈추지 않았다.

"지금부터 네가 알고 있는 천존과 천중신군의 모든 것들을 말해라."

그때부터 위수는 천존을 비롯하여 천중신군에 대해서 속속들이 설명했다.

천존에 대한 소득은 거의 없었으나, 태무악은 천중신군의 거대하고 가공한 세력에 대해서는 하나에서 열까지 모조리 알게 되었다.

북경성 외성 동남단에 위치한 삼의묘(三義廟) 근처는 제법

울창한 숲이 펼쳐져 있고, 둘레 사오 리가량의 작고 아담한 호수 네 개가 일렬로 늘어서 있다.

삼천절대 휘하의 이절위사부터 십절위사까지 아홉 명은 이곳에 집결하라는 우두머리 위수의 연락을 받은 즉시 속속 모여들었다.

위에서부터 세 번째 호수에서 오 장여 떨어진 곳부터는 숲이 시작되고, 숲 안쪽 하나의 커다란 바위에 여러 사람이 서 있었다.

태무악은 바위를 등진 채 팔짱을 끼고 우뚝 서 있으며, 그 앞에 일절위사 위수부터 구절위사까지 아홉 명이 호수 쪽을 향해 일렬로 늘어서 있었다.

그때 호숫가에 하나의 인영이 어른거리더니, 곧장 이쪽으로 쏘아왔다.

가장 먼 곳에서 볼일을 보고 있다가 연락을 받고 급히 달려온 십절위사다.

미끄러지듯이 쏘아온 그는 위수 앞에 멈추어 정중히 포권을 하며 허리를 굽혔다.

"용서하십시오. 늦었습니다."

허리를 편 그는 이절위사부터 차례로 눈인사를 하다가 마지막 구절위사에게서 시선이 멈추었다.

구절위사의 얼굴은 울지도 웃지도 못하는 괴이한 표정이고 눈빛은 놀라움과 위급함이 어지럽게 뒤섞인 상태였다.

뭔가 이상하다고 느낀 십절위사는 급히 그 옆 팔절위사의 얼굴을 쳐다보았다.

그런데 팔절위사의 모습도 평소와 달리 뭔가 이상했다. 돌덩이처럼 굳은 얼굴에 눈빛이 흐릿했다.

"위수, 무슨 일이 있습……."

십절위사는 의아한 표정으로 일절위사를 보며 말하다가 표정이 급변하며 말을 잇지 못했다.

파파팍!

그 순간 그림자처럼 쏘아온 위수가 세 줄기 지풍을 날려 눈 깜빡할 사이에 십절위사의 마혈을 제압했다.

"위수! 도대체 왜 이러시는 겁니까?"

몸이 뻣뻣해진 십절위사가 핏대를 세우며 외쳤다.

파팍!

위수가 다시 손을 써서 십절위사의 아혈까지 제압해 버리자 그제야 조용해졌다.

"끌어내라."

태무악이 천천히 걸어나오면서 명령하자 팔절위사가 옆에 서 있는 구절위사의 목을 움켜잡고 십절위사 쪽으로 질질 끌고 와서 바닥에 나란히 무릎을 꿇렸다.

구절위사는 십절위사가 도착하기 직전에 제압되었다.

그러므로 자신들이 왜 제압을 당해서 무릎을 꿇고 있어야 하는지 모르기는 둘 다 매한가지다.

원래 태무악은 수하들에게 급히 모이라는 서찰을 쓰도록 한 후에 위수를 오군도독부에서 태연히 데리고 나와 이곳으로 왔다.

그 이후부터 위수는 수하들이 도착하는 족족 한 명씩 제압을 한 것이다.

태무악이 한 일은 위수가 제압한 천절위사들을 차례차례 치령술로 심지를 제압한 것뿐이다.

태무악은 구절, 십절위사 앞에 우뚝 서서 무심한 얼굴로 그들을 굽어보았다.

"내 이름은 태무악이다."

두 명은 태무악을 보기 위해서 눈을 한껏 치뜨고 눈동자를 데룩거렸다.

"내 고향은 강서성 파양현 벽라촌이다."

태무악의 목소리에는 한 점의 감정도 담겨 있지 않았다. 그저 한줄기 삭풍 같았다.

그의 말에 구절, 십절위사는 어떤 기억을 떠올렸는지 가볍게 움찔했다.

"나는 십오 년 전에 너희들의 상전인 중현에 의해 납치되었고, 그 직후에 청은장의 모든 사람들이 떼죽음을 당한 일이 있었는데, 너희는 그 일을 알고 있느냐?"

말끝에 태무악은 가볍게 소매를 흔들어 두 명의 아혈을 풀어주었다.

"우린 명령에 따랐을 뿐이다."

"음! 어서 죽여라."

구절, 십절위사는 태무악의 말을 듣고 어떻게 된 일인지 대충 이해했으므로 궁금한 것이 없었다.

원래 사람이란 죽음에 임박하면 비굴해지고 처절해지기 마련인데, 두 명은 지나치게 초연했다. 그런 점에서는 과연 천절위사다웠다.

"천존이 내 어머니를 겁탈하라고 명령했느냐?"

그 물음에 두 명은 움찔 몸을 떨고는 곧 착잡한 얼굴로 입을 다물었다.

그리고는 똑같이 눈을 질끈 감았다. 죽음을 받아들이겠다는 뜻이다.

스으……

천천히 들어 올리는 태무악의 오른손이 은은하게 빛나더니 무형신룡검이 만들어졌다.

얼마 전보다 훨씬 투명하고 길이는 석 자로, 보통 장검 길이와 맞먹었다.

태무악은 잠시 허공을 우러러보았다. 그곳에 세 살 때 기억속의 어머니 모습이 아련히 떠올랐다.

　‘어머니…….’

　그는 속으로 어머니를 한 번 부르고는 이어서 지독한 눈빛을 흘리며 오른손을 흔들었다.

　츠읏!

　무형신룡검이 수평으로 그어지자 구절, 십절위사의 목이 뎅겅 잘라져 바닥에 뒹굴었다.

　그렇지만 머리를 잃은 몸뚱이는 그 자리에 여전히 꿇어앉아 있었고, 잘라진 목에서는 한 방울의 피도 나오지 않았다.

　스파앗!

　무형신룡검이 재차 둘의 몸을 그었다. 단지 투명한 빛이 찰나지간에 어른거렸을 뿐이다.

　투둑.

　그런데 구절, 십절위사의 몸뚱이는 똑같이 십 등분되어 반듯하게 잘라져 누런 풀 바닥에 후드득 허물어졌다.

　“팔절, 이 구역질 나는 살덩이를 가져다가 북경성 내의 개들에게 먹여라.”

　팔절위사가 쏜살같이 달려와서 피 한 방울 흐르지 않는 이십 조각의 살덩이를 주섬주섬 주워 담는 동안 태무악은 두 개의 수급의 머리카락을 왼손에 모아서 쥐었다.

　태무악은 위수를 비롯하여 살덩이가 담긴 자루를 어깨에 메

고 있는 팔절위사까지 여덟 명은 한차례 느릿한 동작으로 쓸
어보았다.

　그러면서 그는 아까부터 줄곧 생각하고 있던 것의 결정을
내렸다.

　이들 여덟 명을 살려둬야겠다는 결정이다. 이들을 자신의
꼭두각시로 만드는 편이 죽이는 것보다 효과적이라는 생각에
서다.

　이들은 하나같이 절정고수들이며 천존의 측근이니 장차 쓸
모가 많을 것이다.

　늦은 밤.

　영정하 강변 야트막한 언덕 위에 짓고 있는 거대한 반천루
에 몇 사람이 도착했다.

　그들은 모두 반천루에서 가장 크고 웅장한 전각인 맨 뒤쪽
의 청은각 오층 대전에 모였다.

　대전의 한쪽 임시로 급히 만든 제단 앞에는 태무악이 등을
보인 채 서 있고, 그 양옆에는 위수 일절위사부터 팔절위사까
지 여덟 명이 네 명씩 좌우에 나란히 우뚝 서 있다.

　그리고 태무악의 뒤에는 앞줄에 철장신개와 단현림, 우무
평, 백일낭, 조형구가, 뒷줄에는 단예, 단유랑, 강탁, 우란 등이
늘어섰다.

그들은 영문도 모른 상태에서 이 자리에 모여 태무악의 뒷모습과 그 앞 제단에 나란히 세워져 있는 두 개의 위패(位牌)를 번갈아 쳐다보았다.

亡父太淸明靈駕(망부태청명령가).
亡母蘇銀翰靈駕(망모소은한령가).

위패에는 그렇게 적혀 있는데, 먹물이 채 마르지도 않은 것으로 미루어 조금 전에 쓴 것 같았다.

중인은 그것을 보고 그것이 태무악 부모의 위패일 것이라고 추측했지만, 왜 갑자기 제단을 만들고 또 자신들을 모이라고 했는지는 짐작하지 못했다.

그때 태무악이 중인을 등진 채 정적을 깨고 나직한 어조로 입을 열었다.

"나는 삼 년 전에 고향집 부모님의 무덤에 절을 하지 않았었소. 원수의 수급을 베어 무덤에 바치고서야 절을 하겠다고 맹세했기 때문이오."

그 말에 분위기는 한층 숙연해졌고, 태무악의 말이 고즈넉이 이어졌다.

"그러나 나는 오늘 다행히 부모와 식솔들을 무참히 죽인 흉수를 죽일 수 있어서 그 수급으로 부모님 영전에 절을 올리려고 하오.”

그러자 좌중에서 ‘아!’, ‘오!’ 하는 탄성이 터져 나왔다.

부스럭!

태무악은 무릎을 꿇고 앞에 놓인 큼직한 목함을 열어 그 속에서 두 개의 수급, 즉 구절, 십절위사의 머리를 꺼내 제단에 나란히 올려놓았다.

중인은 수급을 보려고 이리저리 몸을 움직이며 놀라는 표정을 지었다.

태무악은 돌아서서 한옆으로 두 걸음 비켜서서 수급을 가리키며 설명했다.

“십오 년 전에 청은장에 침입하여 나를 납치한 자는 삼천절대였고, 이 두 명은 천존의 명령으로 부모와 식솔들을 살해한 흉수, 즉 삼천절대의 수하들이오.”

“삼천절대…….”

“맙소사!”

다시 한차례 격렬한 놀라움이 좌중을 휩쓸었다. 천령구위의 삼천절대라는 말 한마디는 중인을 경악시키고도 남음이 있었다.

철장신개가 앞으로 한 걸음 나서며 경악에 물든 표정으로 제단의 수급을 가리켰다.

“그렇다면… 저들은 삼천절대의 수하인 천절위사인가?”

“그렇소. 구절위사와 십절위사요.”

“아아…….”

경악의 연속이다. 좌중은 탄성과 신음으로 뒤섞였다.

이들에게 태무악은 언제나 놀라움, 그 자체다. 아니, 경이로움이다.

태무악은 여태껏 한 번도 이들을 실망시킨 적이 없었고, 항상 예상을 뒤엎었으며, 기대했던 것보다 더 큰 성과를 이루어냈다.

도대체 태무악의 그런 놀라운 능력은 어디에서 나오는 것인지 모두들 감탄하면서도 그를 신비하게 여겼다.

과연 자신들이 힘을 합친다고 해서 무림의 하늘인 천존과 거대한 천중신군을 상대할 수 있을까, 반신반의하던 이들의 눈이 지금은 기대와 희망으로 충만해졌다.

그리고 모두의 눈에 태무악은 무림의 위대한 구세주이며 지도자로 보였다.

그때 사람들 중에 철장신개가 제일 먼저 현실로 돌아와 태무악에게 물었다.

“저들을 어디에서 죽였는가?”

“일절부터 십절까지 열 명의 천절위사는 오군도독부에 머물고 있었소.”

“그럼 자넨 오군도독부에 잠입했었나?”

“그렇소.”

“나머지 여덟 명의 천절위사는 어디에 있나?”

태무악은 자신의 좌우에 서있는 여덟 명을 턱으로 가리키며 태연히 대답했다.

“이들이오.”

“어엇?”

“앗!”

순간 모두들 경악성을 터뜨리며 황급히 뒤로 몇 걸음씩 물러나 본능적으로 싸울 태세를 갖추었다.

“이들은 심지가 제압됐으니 염려할 것 없소. 쓸모가 있을 것 같아서 살려두었소.”

태무악의 설명에 모두들 기겁을 하면서도 일견 안도의 표정을 지었다.

그러면서 한편으로는 태무악의 무궁무진한 능력과 치밀한 계획에 내심 혀를 내두르며 감탄했다.

경악과 감탄에 휩싸여 있는 중인들 귓전을 태무악의 잔잔한 목소리가 두드렸다.

“지난 십오 년 동안 구천을 떠돌던 부모님의 영혼께서 부디 이 아들의 작은 복수를 흔쾌히 여기시어 이제 그만 편안해지셨으면 하오.”

태무악은 그렇게 말을 하고서도 위령의 예를 취하지 않고 묵묵히 서 있었다. 그것은 마치 누군가를 기다리고 있는 듯한 모습이었다.

잠시 바늘 하나 떨어지는 소리도 들릴 만큼 자욱한 침묵이 흘렀다.

그때 대전 입구 쪽에서 어수선한 소리가 들려왔다.

사람들이 쳐다보자 삼풍호개가 앞장서고, 그 뒤를 수피와 홍랑 등 상금네 가족이 따라 들어오고 있었다.

사실 태무악은 삼풍호개 등이 오고 있는 기척을 아까부터 감지하고 있었기 때문에 제사를 지내지 않고 기다리고 있었던 것이다.

하지만 그는 삼풍호개가 수피와 상금네 식구를 이끌고 올 줄은 예상하지 못했다.

상금네 가족은 한밤중에 어마어마한 반천루에 오고, 또 무림의 대단한 인물들을 보게 되어 주눅이 든 모습이지만 곧장 태무악에게 다가왔다.

상금이 태무악 앞에 마주 서고 좌우에 수피와 홍랑, 구당림, 그리고 두 아이가 늘어섰다.

태무악을 바라보는 상금의 얼굴은 상기되었으며, 서운한 기색이 역력했다.

그러나 태무악은 그녀가 왜 그런 표정을 짓고 있는지 영문을 알지 못했다.

“무악아.”

상금은 약간 떨리는 목소리로 말문을 열었다.

“네, 이모.”

“너는 입으로는 나를 이모라고 부르면서도 마음은 그렇지 않은 것 같구나.”

그녀의 난데없는 말에 태무악은 적이 당황했다.

“이모, 그게 무슨 말입니까?”

“그렇지 않으면 제사를 지내면서도 어째서 우리를 부르지 않은 것이냐?”

상금의 목소리는 섭섭함과 준열함을 동시에 담고 있었다.

“내가 너의 이모라면, 네 부모님은 내게 언니고 형부가 된다. 그리고 네 이모부와 이 아이들도 남이 아닌 것이다. 그런데 어찌 네 부모님의 제사를 우리에게 말하지 않은 것이냐? 세상에 이런 법은 없다.”

얼마나 서운한지 상금은 눈물을 뚝뚝 흘렸다.

그제야 태무악은 크게 깨닫고 또 죄스러운 마음을 금할 길이 없었다.

그는 스스로 상금 부부의 조카가 되겠다고 해놓고서 정작 이런 중요한 일을 그들 모르게 진행하려고 했으니 입이 열 개라도 변명할 말이 없는 것이다.

그는 상금의 두 손을 모아 쥐고 고개를 숙이며 진심으로 용서를 구했다.

"이모, 제 생각이 짧았습니다. 용서하세요."

"너는 나빴다."

"압니다. 제가 큰 잘못을 했습니다."

상금이 어깨를 들먹이며 흐느끼자 태무악은 그녀를 가만히 품에 안았다.

그랬더니 마치 가슴속으로 따뜻한 물이 흐르는 것처럼 훈훈해지고 온몸과 정신이 아늑해졌다.

그는 이것이 진짜 가족애(家族愛)라는 것을 느끼고 있었다.

세 살 때 이후 까맣게 잊고 있던 가족애를 말로만 가족이 되자고 해놓고 방치하고 있었던 가족이 일깨워 주고 있는 것이다.

그는 상금을 품에 안고 삼풍호개를 보며 고마운 표정을 지었다.

"고맙다, 호개."

삼풍호개는 등골이 찌릿찌릿한 느낌을 받았다. 자신이 태무악의 가장 절친한 친구라고 주장하고 다니면서도 그에게서 칭찬을 듣기는 지금이 처음이기 때문이다.

"뭘……."

그는 괜히 얼굴을 붉히며 뒷머리를 긁었다.

이윽고 제주인 태무악이 제단 앞에 서고 그 뒤에 수피와 상금네 가족이 늘어서 제사를 올릴 준비를 갖추었다.

그때 철장신개가 잔잔한 목소리로 말했다.

"우리도 절을 올리도록 허락해 주게."

평생 한 번도 심각해 본 적이 없는 백일낭도 지금은 엄숙한 표정으로 앞으로 나섰다.

"무악, 너의 부모님에게 나와 형구도 절을 하고 싶어. 내가 절하면 부모님께서 기뻐하실 거야."

태무악은 그들을 둘러보며 담담히 미소 지었다.

"모두들 고맙소."

이후 처음 제사를 지내는 서툰 태무악을 옆에서 상금과 구당림이 이것저것 가르치면서 제사가 순조롭게 진행되었다.

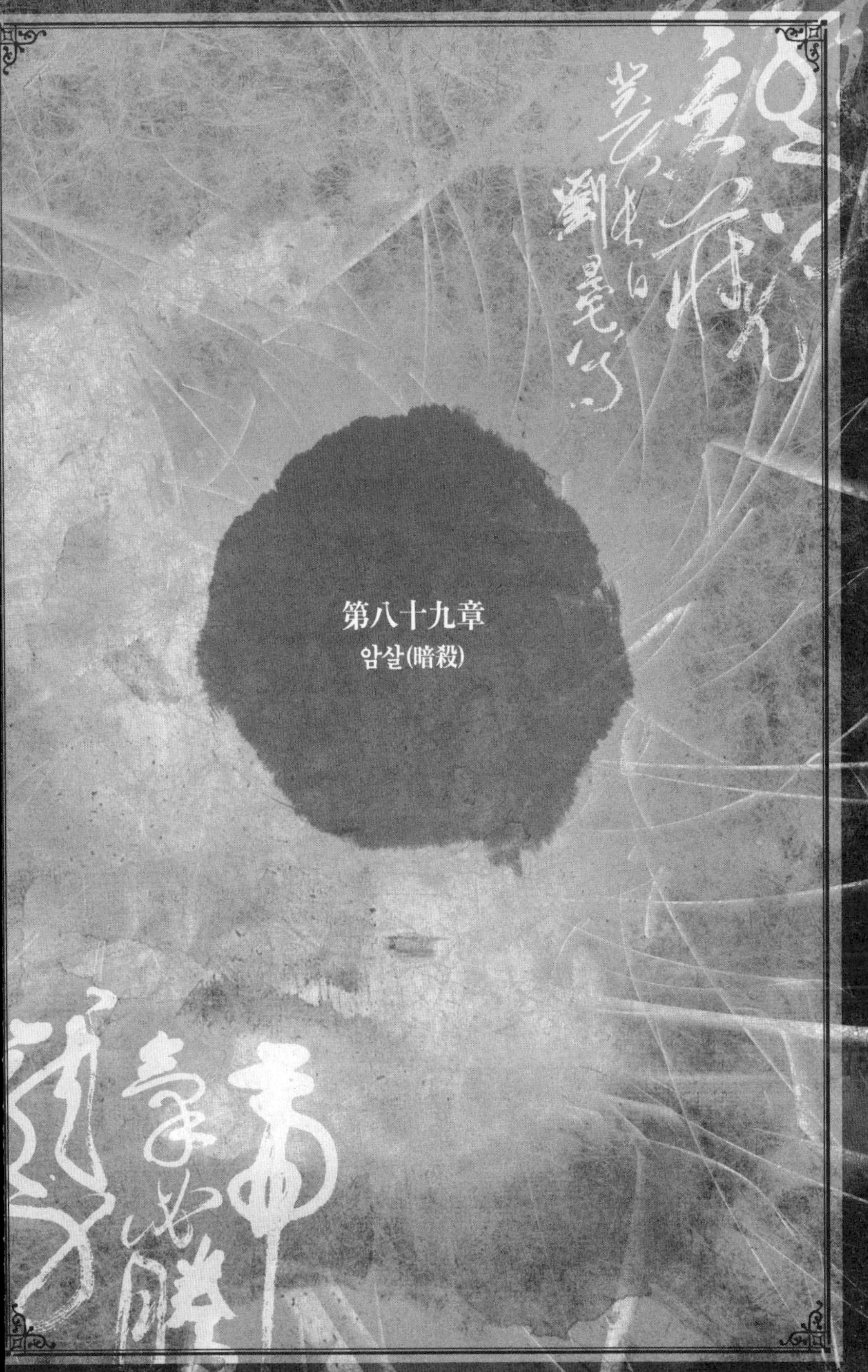

第八十九章

암살(暗殺)

大武神
대무신

　제사가 끝난 후 태무악은 강탁에게 상금네를 집으로 호위하
라고 부탁했다.

　그리고 태무악을 위시한 일행은 청은각 오층의 넓고 아늑한
접객실에 모였다.

　"음! 이것은 너무 엄청나군."

　태무악이 내놓은 두툼한 책자를 제일 먼저 읽고 난 철장신
개가 무거운 신음을 흘러냈다.

　그 책자는 태무악의 명령으로 일절위사 위수가 작성한 것인
데, 거기에는 천중신군에 대해서 자세히 기록되어 있었다.

책자를 건네받은 단현림이 착잡한 표정으로 읽고 있는 것을 보면서 철장신개가 말을 이었다.

"여태까지 우리가 알고 있던 천중신군은 그야말로 빙산의 일각이었군. 설마 천외사세(天外四勢)와 구주신계(九州神界), 게다가 중원오비(中原五秘)에 변황이벌(邊荒二閥)까지……."

그의 입에서 하나씩 열거된 세력들은 이미 무림인들의 기억에서조차 희미하게 잊혀져 가는 이름들이었다. 하지만 하나같이 가공할 이름이기도 했다.

그 이름들은 나이가 지긋한 철장신개나 단현림, 우무평 정도가 알고 있을 뿐이다.

책자를 읽고 있는 단현림이 사색이 된 얼굴로 철장신개가 빠뜨린 세력을 첨언했다.

"해남도(海南島)와 장백파(長白派), 전설상의 동해 봉래도(蓬萊島)와 무이사곡(武夷死谷). 맙소사… 이것은 갑이쌍인(甲伊雙忍)이 아닌가? 더구나 여기에 적힌 은거기인들의 수는 셀 수도 없을 정도외다."

그때부터 책자를 모두 읽을 때까지 아무도 입을 열지 않았으며 무겁고도 긴 침묵이 흘렀다.

반 시진 후, 마지막으로 책자를 읽은 단예가 하얗게 질린 얼굴을 들었을 때까지도 침묵이 계속되고 있었다.

웬만해야 말이라도 할 수 있는데, 이것은 너무 엄청나서 뭐라고 말을 할 엄두가 나지 않는 것이다.

태무악은 이미 일절위사 위수로부터 책자에 적힌 방, 문파와 세력들, 그리고 은거기인 한 명에 이르기까지 자세히 설명을 들었기 때문에 이 자리에 있는 어느 누구보다 천중신군에 대해서 잘 알고 있었다.

그의 마음이 제일 무거울 것이다. 천중신군이 거대하면 거대할수록, 가공하면 가공할수록 천존에게 복수를 할 수 있는 길이 멀어지고 요원해지기 때문이다.

전에도 그랬고 지금도 마찬가지지만, 그의 목적은 오직 복수 하나뿐이다.

천존을 죽여서 무림을 구한다는 생각은 반 푼어치도 해본 적이 없다. 그리고 그런 사실을 숨긴 적도 없고 숨기고 싶지도 않다.

위수의 말에 의하면, 삼천절대 중현 정도의 고수는 천존의 일 초도 받아내지 못한다고 했다.

태무악이 중현의 공력을 흡수하여 삼백삼십 년의 공력으로 증진되었으나 천존을 상대하기 역부족이기는 예나 지금이나 마찬가지다.

위수와 일곱 명의 천절위사를 꼭두각시로 만들어 천중신군에 대해서 낱낱이 알아낸 것은 큰 수확이었다.

그러나 그것은 수확인 동시에 재앙이 돼버렸다. 지금껏 천

존이 하늘인 줄로만 알고 있었는데, 사실은 하늘 위의 하늘[天
上天]이었다는 사실만 확인하게 되었으니, 그것이 재앙이 아니
고 무엇이겠는가.

세상일이란 할 수 있는 것과 할 수 없는 것, 가능한 일과 불
가능한 일이 있다.

그런데 이 책자는 천존을 상대하는 일은 도저히 할 수 없는
것, 절대 불가능한 것이라고 모두에게 명백하게 가르쳐 주고
있는 것이다.

오죽하면 태무악마저도 이 자리에 온 이후 아무 말도 하지
못하고 있겠는가.

아무 생각도 나지 않고, 그래서 아무런 계획도 궁리할 수가
없는데 대체 무슨 말을 하겠는가.

"미친 짓이야."

오랜 침묵 끝에 철장신개가 씹어뱉듯이 중얼거렸다.

중인이 허탈한 얼굴로 쳐다보자 그는 천천히 일어나며 사람
들을 쓸어보면서 그 말을 한 번 더 했다.

"천존을 상대하는 것은 미친 짓이야."

그리고는 휑하니 밖으로 나가 버렸다.

그러나 아무도 그를 붙잡지도, 부르지도 않았고, 삼풍호개
는 그를 따라가지도 않았다.

다만 모두의 얼굴에 지독한 절망의 그늘만 짙게 드리워져

있을 뿐이다.

휙!

그때 백일낭이 책자를 아무렇게나 집어 던지며 일어섰다.

탁!

사람들은 백일낭보다는 벽에 부딪쳤다가 바닥에 떨어지는 책자를 쳐다보았다.

백일낭은 아름답고 순결한 얼굴을 있는 대로 보기 싫게 구기며 태무악을 쳐다보았다.

"야! 무간백구호!"

그녀는 '무악' 이라 부르지 않고 '무간백구호' 라고 불렀다.

태무악은 암울한 얼굴로 그녀를 쳐다보았다.

그러자 그녀의 입에서 험한 소리가 쏟아져 나왔다.

"이런 염병할! 그따위 썩어 문드러진 얼굴 집어치우지 못하겠느냐!"

조형구는 무슨 일이 터지지 않을까 조마조마한 표정을 지었으나 감히 백일낭을 만류할 엄두는 내지 못했다.

"무간백구호! 우리 무간옥 시절에 제일 무서운 존재가 누구였는지 기억하느냐?"

태무악은 나직이 중얼거렸다.

"무간옥주 염제."

"그래! 그 당시에 우리가 느꼈던 염제랑 지금 느끼고 있는 천존이라는 작자랑 누가 더 무섭냐?"

그 말에 태무악은 무언가 깨닫는 것이 있는 듯 상체를 곧게 펴며 대답했다.

"염제."

"그래, 이 병신새끼야! 아니, 지금 천존이 제아무리 대단한 존재라고 해도, 그 당시에 우리가 아방나찰이나 적귀에게 품었던 공포심에는 비할 수가 없는 거야!"

그녀는 자신들이 무간옥밖에 모르고, 무간옥이 세상의 전부인 줄로만 알았던 시절에 염제도 아방나찰도 아닌, 일개 적귀 한 명에게 품었던 가공할 공포심이 지금 천존에게 느끼는 두려움보다 더 큰 것이었다고 역설했다.

"이 자식아! 무간옥주 염제를 네가 죽였다면서? 아방나찰 몇 년도 사지를 찢어 죽이고, 적귀들도 갈가리 찢어 죽였다면서? 그런데 천존 따위 후레자식이 뭐가 무섭다고 기가 죽어 지랄이냐, 지랄이!"

태무악은 아주 조금씩 환한 기색이 되살아나는 얼굴로 백일낭을 쳐다보았다.

"우리가 무간옥 시절에 살아 있는 존재였느냐? 우리가 언제 사는 것 죽는 것 따월 걱정했느냐고! 까짓거, 천존이라는 새끼하고 싸우다가 안 되면 죽기밖에 더 하겠어? 엉?"

백일낭은 태무악의 입가에 빙그레 미소가 번지는 것을 보면서 눈물을 글썽이며 악에 받쳐서 절규했다.

"무간백구호! 나 무낭백일호야! 이 자식아! 우리가 언제 알량한 목숨 갖고 전전긍긍했냐? 죽게 되면 죽자구! 그럼 나하고 넌 죽은 부모를 만날 수 있을 것 아냐! 부모를 만날 수 있는데 뭐가 무서워? 쌍!"

그리고 그녀는 입을 다물고 눈물을 뚝뚝 흘리면서 어깨를 들먹였다.

조형구가 일어나서 가만히 감싸자 그녀는 그의 품 안에서 온갖 욕설을 다 퍼부으며 꺽꺽 울어댔다.

태무악은 일어나서 백일낭을 보며 엄지손가락을 세워 보였다.

"낭아, 네가 나보다 낫다."

반천루에서 제사를 지내고 며칠이 쏜살같이 지나갔다.

태무악은 백일낭의 벼락같은 질타를 받고 잃어가던 투지를 다시 되찾는 듯했으나 투지는 투지일 뿐, 거기에서 길이 막혀 버렸다.

천존이 그리고 천중신군이 가공할 정도로 엄청나다는 사실에는 변함이 없는 것이다.

태무악이 집 안에 틀어박혀 와신상담하면서 무공 연마에 전념하고 있을 때 뜻밖의 일이 일어났다.

　조철악이 사라진 지 닷새 만에 갑자기 태무악 앞에 다시 나
타난 것이다.

　"헛헛헛! 무악아! 형 왔다!"

　조철악은 마치 잠시 외출을 하고 돌아오는 사람처럼 집 안
으로 들어서며 껄껄 웃었다.

　"형님, 도대체 어떻게 된 겁니까?"

　태무악이 반가이 맞으면서 묻는데도 그는 딴청을 부리며 탁
자 앞에 앉았다.

　"수피야, 오라비 술 좀 다오. 에구~ 술 마시고 싶어서 죽는
줄 알았다."

　"네! 큰오라버니!"

　이 집에서 가장 명랑한 수피가 큰 소리로 대답하고는 쪼르
르 주방으로 달려갔다.

　조철악 옆에 태무악이 앉고, 그날 이후 이 집에서 묵고 있는
백일낭과 조형구가 맞은편에 앉았으며, 태무악 방에서 아예
살다시피 하면서 무공 연마를 하던 단예와 우란은 태무악 옆
에 붙어 앉아서 모두들 조철악을 주시하고 있었다.

　빨리 술 가지고 오라는 조철악의 성화에 수피는 요리를 새
로 만들려던 것을 포기하고, 있던 요리를 데워서 술과 함께 내
왔다.

　수피가 오자 태무악 옆에 앉아 있던 단예가 자동으로 그녀

에게 자리를 내주었다.

수피는 방긋 웃으며 태무악 곁에 찰싹 붙어 앉아 언제나처럼 두 팔로 그의 팔을 끌어당겨 가슴에 안았다. 그래야지만 행복해하는 그녀다.

조철악은 술잔이 귀찮은지 술병째로 입속에 들이붓더니 잠시 후에 지독한 주향을 토하며 첫마디를 열었다.

"나는 그동안 자금성에 있었다."

"황궁 말입니까?"

"그렇다, 황궁."

태무악의 물음에 조철악은 다시 술병을 집으며 고개를 크게 끄덕였다.

백호칠령을 따돌리려고 유인하러 갔던 조철악이 홀연히 사라졌다가 여태껏 자금성에 있었다니, 그것은 태무악으로서는 눈곱만큼도 상상하지 못했던 일이다.

"거긴 정말 좋더군. 수많은 미녀에 기름진 요리에 마음만 먹으면 황금이나 보물을 얼마든지 가질 수 있겠더라고."

"형님."

"거기 생활이 얼마나 좋던지 날짜 가는 줄도 모르겠고, 나오고 싶지도 않았어. 햐아, 그 나긋나긋한 살결하며, 사내 애간장을 태우는 요염한 눈웃음."

"형님."

"온통 서시에 양귀비에 항아 같은 절세미인들만 우글거리
는 곳에서 나는 정말 황제처럼……."

탁!

태무악은 조철악이 마시고 있는 술병을 낚아채서 수피에게
주며 냉정하게 말했다.

"수피야, 술상 치워라."

수피가 냉큼 일어나서 탁자의 요리를 주섬주섬 치우자 조철
악이 울상을 지었다.

"무악아."

"형님은 홀연히 사라졌다가 닷새 만에 나타났습니다. 그런
데 쓸데없는 말씀만 하고 있군요."

"술을 마시지 못해서 그런다."

"절세미인들 속에서 황제처럼 지냈다면서요?"

"그런데 제일 중요한 술이 없더라. 젠장맞을!"

태무악은 조철악에게 술병을 건네며 수피에게 그만두라고
고개를 끄덕였다.

"이제 제대로 설명해 보세요."

조철악은 술병을 받아 마시지 않고 탁자에 내려놓더니 갑자
기 진지한 얼굴을 했다.

"그날 백호칠령이라는 놈을 유인해서 따돌린 후에 너에게
돌아가려고 하다가 문득 이놈이 어디로 가는지 한 번 따라가

보고 싶은 생각이 든 거야."

조철악은 백일낭과 조형구가 못 보던 얼굴이지만 궁금하게 여기지 않았다. 태무악과 함께 있으니 그의 친구려니 생각한 것이다.

"그래서 따라갔더니 그놈이 자금성 담을 넘어 들어가더라, 이거야. 그래서 호기심이 생겨서 나도 따라 들어갔지."

조철악은 상체를 뒤로 젖히고 다리를 꼬았다.

"거기에서 누굴 봤는지 알겠느냐?"

"누굽니까?"

조철악은 얼굴을 굳혔다.

"태상삼사자다."

태무악은 한 대 얻어맞은 것 같은 기분이 들었다. 태상삼사자가 자금성에 있을 줄은 생각하지 못했다.

하지만 천존과 황제가 한통속인데 그리 이상한 일은 아니다. 단지 거기까지 생각이 미치지 못했을 뿐이다.

태상삼사자가 자금성에 있다면 그가 거느리고 있는 천중고수들도 함께 있을 것이다.

자금성은 북경성 한복판에 있으니 활동하는 데 최적의 장소다. 게다가 신풍혈수의 손길이 미치지 않는 곳이기 때문에 일석이조의 효과가 있다.

태무악은 조철악이 몹시 심각한 표정을 짓고 있는 것을 보고 다음에 이어질 말이 중요할 것이라고 짐작했다.

"그래서 나는 태상삼사자 중에 한 놈을 납치할 생각으로 당분간 그곳에 머물기로 했던 것이지."

하지만 조철악은 태상삼사자 중 한 명을 납치해 오지 않았다. 그것은 그보다 더 중요한 일 때문일 것이다.

조철악의 얼굴이 더 심각해졌다. 따라서 태무악과 모두의 얼굴이 긴장으로 물들었다.

"결론만 말하마. 어젯밤에 황제가 죽었다."

태무악은 가볍게 움찔 표정이 변했고, 단예와 우란은 크게 놀라는 표정을 지었다. 그러나 백일낭이나 조형구, 수피는 아무렇지도 않은 얼굴이다.

태무악이 약간 놀란 것은 주령이 황제와 깊은 연관이 있기 때문이다.

철장신개의 말에 의하면, 지금 황제인 정통제는 천존의 도움으로 자금성을 장악하고, 전대 황제인 선덕제, 즉 주령의 부친을 살해한 후 황위에 올랐다고 했다.

그리고 주령은 살해 위협을 피해 자금성을 탈출한 후 극적으로 태무악을 만나 함께 기나긴 도주를 했다.

태무악은 자신이 주령을 깨끗이 잊었다고 여겼는데, 정통제의 죽음에 주령이 반사적으로 떠오르자 씁쓸한 기분을 감추지 못했다.

　조철악의 차분한 목소리가 이어졌다.

　"황제는 척신대 놈들에 의해서 목과 심장이 찔려서 살해됐다. 그리고 백호사자라는 놈이 척신대 놈들에게 황제를 암살하라고 지시하는 광경과 황제가 살해되는 광경을 내 눈으로 똑똑하게 목격했다."

　척신대는 무림십비의 한 조직이며 천중신군에 속해 있다.

　"왜 황제를 죽였는지 알고 있습니까?"

　"처음에는 몰랐는데 나중에 알아냈다."

　조철악은 사라졌던 닷새 동안 중요한 사실들을 알아냈다.

　"나는 자금성에 잠입하고 이틀 동안은 밤이슬을 맞으며 지냈었는데, 사흘째부터는 황제의 후궁 중 한 명의 거처에서 편히 지낼 수 있었다. 우연히 그녀가 병에 걸렸다는 사실을 알게 되었고, 내가 그녀의 병을 깨끗이 고쳐 준 것이 인연이 된 것이지."

　후궁의 병은 사실 몸이 허약해서 생긴 고질병이다. 자금성의 어의 정도 실력이면 충분히 고칠 수 있으나, 그녀는 황제의 총애를 받는 몸이 아니라서 감히 어의를 청할 형편이 되지 못했다.

　그런데 조철악이 적당한 숨을 곳을 찾으려고 자금성 내를 이리저리 돌아다니다가 마당에 쓰러져 있는 후궁을 발견했고, 그가 약간의 진기를 주입시켜서 그녀의 좁고 막힌 혈도와 약해진 심맥을 깨끗이 고쳐 주었다.

그때부터 조철악은 후궁의 방에서 몰래 숨어 지내면서 자금성 안을 마음대로 활보하고 다닐 수 있었다.

"꽤 오래전부터 황제와 천존 사이에 알력이 있었다는 거야. 천존 덕에 황제가 되고 나서 이러쿵저러쿵 천존의 간섭을 받게 되고, 또 황제 자신이 천존의 꼭두각시라는 사실이 싫었다고 하더군."

더러운 권력 투쟁과 암투가 난무하는 곳에서는 충분히 있을 수 있는 일이다.

"그래서 황제가 모종의 음모를 꾸몄는데, 그것이 바로 천존에 대한 체포령을 내리는 것이었다."

과거 선덕제도 천존에 대한 체포령을 내렸는데, 정통제도 그러려고 했다는 것은 묘하게 대비되는 일이다.

하지만 선덕제는 무림과 천하의 안녕을 위해서 그랬고, 정통제는 천존을 배신하려고 그랬다는 점이 다르다.

"그런데 황제의 음모가 태상삼사자가 심어놓은 자금성 내의 첩자들에게 사전에 발각됐다."

조철악은 손을 칼처럼 만들어 자신의 목을 긋는 시늉을 해 보였다.

"그래서 천존이 먼저 선수를 친 거지."

단예가 착잡한 얼굴로 입을 열었다.

"정통제는 간악한 인물이고, 어떤 이유로 천존에 대한 체포령을 내리려고 했든지 간에 만약 그렇게 됐더라면 천존은 엄청난 타격을 받게 되었을 거예요."

그 말을 듣고 태무악이 가볍게 눈을 빛냈다. 그는 누구에게랄 것 없이 물었다.

"천존에 대한 황제의 체포령이 발동되면 정말 천존이 타격을 입게 될까?"

단예가 진중하게 고개를 끄덕이며 설명했다.

"무림인이라고 해도 그전에 명나라의 백성이에요. 만약 체포령이 발동됐는데도 천존을 돕는 방, 문파나 인물들이 있다면 그들은 역적이 되어 삼족 멸문을 면치 못할 것이고, 숨어서 산다면 영원히 태양 아래에는 나타나지 못할 거예요."

우란이 조용한 어조로 말을 받았다.

"제 예상이지만, 체포령이 발동되면 제일 먼저 천중신군의 절반 이상이 떨어져 나갈 거예요. 이후 시일이 좀 걸리겠지만 남아 있는 세력들도 차츰 천존에게서 등을 돌리겠지요. 그 이유가 삼족 멸문이 무서워서든, 황실에 대한 충성심이든 말이에요."

탁!

백일낭이 얼굴을 잔뜩 찌푸리고 손바닥으로 탁자를 내려치면서 내뱉었다.

"이런! 염병할! 그 병신 같은 황제새끼는 왜 칠칠치 못하게 뒈져 버린 거야?"

조철악이 눈을 둥그렇게 뜨고 어이없다는 얼굴로 백일낭을 쳐다보았다.

"무악아, 쟤는 누구냐?"

태무악이 뭐라고 하기도 전에 백일낭과 조형구는 동시에 발딱 일어나서 굽실 허리를 굽혔다.

"오라버니! 무악의 친구, 백일낭이에요! 앞으로 많이 예뻐해 주세요!"

"형님! 소제는 태 형의 친구인 조형구입니다! 잘 부탁합니다!"

조철악의 입이 함지박처럼 커지고 얼굴에 환한 웃음이 피어났다.

"허허헛! 오냐! 오냐! 너희들, 참 이쁘고 잘생겼구나!"

조철악은 일단 태무악의 친구라고 하면 신분이든 뭐든 아무것도 따지지 않는다.

더구나 백일낭이나 조형구처럼 사근사근하고 붙임성있는 사람이라면 무조건 만사형통이다.

한바탕 시끌벅적거리는 중에도 태무악은 뭔가 곰곰이 생각에 잠겨 있었다.

조철악과 백일낭, 조형구는 여태까지 무슨 대화를 나누고 있었는지 따위는 까맣게 잊은 채, 형님, 아우, 오라버니 하며 시끄럽게 떠들어대면서 주거니 받거니 마셔댔다.

단예와 우란은 태무악을 보면서 그가 말문을 열기를 조용히 기다리고 있었다.

이윽고 태무악은 생각을 마치고 조용히 조철악을 불렀다.

"형님."

"어… 그래, 너도 한잔 받아라."

조철악이 따라 주는 술을 받으면서 태무악이 조용히 물었다.

"황제가 암살된 후에는 어떻게 됐습니까?"

"어떻게 되긴?"

"황제가 암살됐으니까 아마 자금성이 발칵 뒤집혔겠지요?"

조철악은 백일낭이 우스갯짓을 하는 것을 보면서 웃느라 정신이 없으면서 고개를 절레절레 가로저었다.

"크헛헛헛! 아니다! 자금성은 아무 일 없이 평소처럼 조용하다. 황제가 암살당했다는 사실을 최측근밖에 모르기 때문이고, 그들은 죄다 천존의 끄나풀들이다. 야! 낭이, 너 정말 재밌는 계집애로구나! 핫핫핫!"

"그렇군요. 달리 하실 말씀은 없습니까?"

"어? 어… 이거, 너 가져라."

조철악은 품속에서 꼬깃꼬깃 구겨진 종이 뭉치 하나를 꺼내 태무악에게 툭, 던졌다.

"이게 뭡니까?"

태무악이 종이뭉치를 풀면서 묻자 조철악은 자신에게 달려와 무릎에 덥석 올라앉은 백일낭의 궁둥이를 두드리면서 웃어 댔다.

"껄껄껄! 그동안 내가 알아낸 자금성 내의 천존 떨거지들 명단이다."

태무악과 단예, 우란은 적이 놀라는 표정을 지었다. 조철악은 사라진 닷새 동안 실로 많은 소득을 가지고 돌아왔다.

그러나 태무악은 탁자에 펼쳐 놓은 종이를 보고 가볍게 눈살을 찌푸렸다.

그것은 다섯 장의 구겨진 종이인데, 글인지 그림인지 알아볼 수 없을 정도로 괴발개발이었다.

"제가 깨끗하게 옮겨 적을게요."

단예의 말에 태무악은 종이를 그녀에게 주었다.

이어서 정색을 하고 조철악을 불렀다.

"형님, 부탁이 하나 있습니다."

"으헛헛헛! 그래, 뭐냐?"

"자금성으로 다시 가십시오."

그 말에 갑자기 좌중이 고요해지며 모두의 시선이 태무악에게 집중되었다.

　백일낭은 조철악을 간지럼 태우다가 뚝 멈추었고, 조철악은 눈물을 흘리면서 바둥거리며 웃다가 뜨악한 표정으로 태무악을 쳐다보았다.

　"나… 조금 전에 돌아온 거 모르냐?"

　"그래도 다시 가주십시오."

　조철악은 떨떠름한 표정을 지었다.

　"가서 뭐 하라고?"

　"여태까지 했던 것처럼 해주십시오."

　"끙! 언제 가면 되냐?"

　"지금."

　"지… 금 가라고?"

　조철악은 물론 모두들 어이가 없다는 듯 크게 놀랐다. 닷새 만에, 그것도 조금 전에 돌아온 사람더러 왔던 곳으로 지금 당장 가라니, 기가 막힐 노릇이다.

　하지만 태무악의 말이라면 죽으라고 해도 죽을 조철악이다.

　그는 무릎에 앉아 있는 백일낭을 내려놓으며 빙그레 미소 지었다.

　"낭아, 너하고 막 친해지려던 참인데 안됐구나. 우리 다음에 진탕 마셔보자꾸나."

　태무악이 이번에는 조철악의 마음에 쏙 드는 말을 했다.

　"형님, 낭이를 데리고 가세요. 쓸모가 있을 겁니다."

　조철악과 백일낭은 똑같이 귀가 번쩍 뜨이는 표정으로 반색
을 했다.

　"호호홋! 어서 가요, 오라버니!"

　"오냐! 저 녀석 마음 변하기 전에 얼른 사라지자."

　두 사람이 앞서거니 뒤서거니 마당으로 내려서는 것을 보면
서 조형구가 슬그머니 일어섰다.

　"태 형, 다녀오겠네."

　"자넨 어딜 가나?"

　"어딜 가긴? 바늘이 가면 실도 따라가야지."

第九十章
난향(蘭香)

조철악이 다시 자금성으로 들어간 날 저녁에 삼풍호개가 태무악을 부르러 왔다.

"사부님께서 반천성에서 좀 만나자고 하시네."

마침 태무악도 철장신개 등과 상의할 일이 있던 터라 즉시 따라나섰다.

삼풍호개가 말하는 '반천성'이란 반천루 내의 태무악의 거처인 청은각을 가리킨다. 그곳을 중심으로 '반천존' 세력이 활동하고 있기 때문이다.

반천루는 최종 막바지 공사 때문에 야간에도 불을 환하게 밝히고 일을 하는 중이다.

태무악 등은 버젓이 출입할 수 없기 때문에 반천루 뒤쪽 담을 넘어 청은각 지하로 들어갔다.

청은각 지하에는 또 하나의 세계가 있다. 그곳에는 단현림과 우무평이 이끄는 고수 이백 명이 생활하고 있지만 모든 시설이 완벽하게 갖추어져 있기 때문에 조금도 불편함을 느끼지 않는다.

먼저 와서 기다리고 있던 철장신개가 반갑게 태무악을 맞이했다.

"어서 오게."

그곳은 단현림이 집무실로 사용하는 석실인데, 지하라는 점만 빼면 지상의 여느 집무실이나 다름이 없다.

모두들 자리에 탁자 둘레에 앉아 있다가 태무악이 들어서자 일제히 일어났다.

무림의 대선배인 그들이 아직 이십 세도 되지 않은 태무악에게 그런 행동을 보이는 것은, 은연중에 그를 지도자로 여기고 있기 때문이다.

철장신개 옆에는 낯선 인물 두 명이 나란히 서 있었다. 둘다 육십 세가 훨씬 넘어 보이는데, 한 명은 도사 차림이고 다른한 명은 깨끗한 남의 장삼을 입고 있었다.

“이분들은 청성파와 점창파의 장문인이시네. 반천성에 합류하시겠다고 하네.”

철장신개가 두 사람을 가리키며 말했다. 태무악에게 그들의 가입을 허락해 달라는 뜻이다.

선풍도골의 노도사가 청성파 장문인 청운자(靑雲子)고, 검은 수염을 길게 기른 위풍당당한 풍모의 남의장삼인이 점창파 장문인 분광검협(分光劍俠)이다.

두 사람 다 무림의 일대 영웅으로, 만인의 존경을 받고 있으며, 청성파와 점창파는 당금 무림에서 그 어느 때보다 전성기를 구가하고 있는 중이다.

그것이 다 청운자와 분광검협이라는 걸출한 인물 덕분이라는 것은 잘 알려진 사실이다.

태무악은 청운자와 분광검협이 때마침 시기적절하게 찾아왔다는 생각을 했다.

그는 아까 조철악이 전해준 충격적인 소식을 듣고 한 가지 계획을 세웠다.

그 계획은 절대 태무악 혼자 진행할 수 없는 일이다. 많은 사람들이 각자의 장소에서 완벽하게 역할을 해주어야만 성공할 수 있다.

그 계획이 성공하면 천존은 천중신군의 대부분을 잃을 것이고, 웅크리고 있던 어둠 속에서 밝은 곳으로 기어나와야만 할 것이다.

실로 어마어마한 천중신군을 하나씩 깨부수는 것은 불가능한 일이다. 태무악이나 반천성은 그럴 만한 능력도 없으며, 시간적 여유도 없다.

인사가 끝나고 모두들 탁자 둘레에 자리를 잡고 앉은 후에 태무악이 조용한 어조로 말문을 열었다.

"어젯밤에 황제가 암살됐소."

예상했던 대로 모두 크게 놀라면서 믿어지지 않는다는 반응을 보였다.

태무악이 가볍게 고개를 끄덕이자 그의 왼쪽에 다소곳이 앉아 있던 단예가 조철악에게 들은 내용을 잘 정리해서 차근차근 설명했다.

일각여에 걸쳐서 설명이 끝나자 모두들 대경실색을 금치 못하고 한참 동안이나 아무 말도 하지 못했다.

철장신개나 청운자, 분광검협의 놀라움은 태무악이나 단예 등과는 달리 엄청날 수밖에 없다.

그들은 정통제를 폐위시키고 새로운 황제를 옹립하려고 복황련이라는 조직까지 결성한 열혈한(熱血漢)들이었다.

"자네… 예아가 한 말이 모두 사실인가?"

사실일 것이라고 생각하지만, 그래서 속에서 '만세!' 소리가 목구멍까지 솟구치고 있지만, 그 기쁨을 확인 후로 미루고 철장신개가 떨리는 목소리로 태무악에게 물었다.

태무악은 가볍게 고개를 끄덕였다.

"그렇소."

"어떻게 그런 사실을 알게 됐나?"

그 점이 궁금했다. 복황련은 아직도 은밀하게 활동하고 있으며 자금성과 황족, 충신들과 긴밀한 관계를 맺고 있는데도 정통제의 암살은커녕, 그가 감기에 걸렸다는 소식조차 듣지 못했기 때문이다.

그 대답을 잠자코 있던 우란이 거들었다.

"방주, 지난번에 성 밖 백운관에 악 가가를 만나러 갔을 때 백호칠령을 유인하러 간 악 가가의 형님이 계시다는 말을 들으셨지요?"

"그랬지."

"그 형님께서 백호칠령을 미행했는데, 그자가 자금성으로 들어갔다는 것입니다. 그리고 그곳에 태상삼사자와 그의 수하들인 사신고수(四神高手)들이 기거하고 있는 것을 발견했으며, 그들을 염탐하던 중 어젯밤에 백호사자의 명령을 받은 척신대 고수들이 정통제를 암살하는 광경을 형님께서 직접 목격하셨다는 것입니다."

철장신개는 마른침을 삼키며 물었다.

"그렇다면 그 형님이라는 사람이 누구냐?"

그가 누구냐에 따라서 그가 전해준 정보의 신빙성 유무를 판별하려는 것이다.

자금성에는 동창과 서창의 고수와 황궁 고수들, 그리고 수만 명의 군사들이 득실거리고 있기 때문에 웬만한 고수라면 잠입하여 채 일각도 버티지 못하고 발각되어 즉각 처형될 것이기 때문이다.

우란이 조용한 목소리로 대답했다.

"그분은 혈신마예요."

"혈신마!"

철장신개와 몇 사람이 동시에 경악성을 터뜨렸다.

누구보다 놀란 사람은 삼풍호개다.

"태 형! 그 형님이 정말 고, 공포의 대혈살성 혈신마인가?"

"공포의 대혈살성인지는 모르지만 혈신마는 맞다."

"이, 이런 맙소사!"

삼풍호개는 조철악이 혈신마일 줄은 꿈에도 모르고 그와 대작을 하면서 술을 마셨으며, 그 앞에서 천방지축 까불고 건방진 행동을 일삼았다. 이제 생각하니 등줄기에서 식은땀이 흘러내렸다.

"풍아, 그가 어떻게 생겼더냐?"

과거에 혈신마를 몇 차례 본 적이 있는 철장신개가 삼풍호개에게 물었다.

삼풍호개의 손짓 발짓 섞은 설명을 듣고 난 철장신개는 무거운 신음을 흘렸다.

"음! 혈신마가 틀림없군."

단현림이 다시 한 번 확인시켜 주었다.

"나는 그분을 직접 보았는데, 혈신마가 분명하오."

태무악의 형님이 혈신마라는 사실은 놀라운 일이지만, 지금은 정통제의 암살이 더 중요한 사건이다.

혈신마라면 자금성에 잠입하는 것은 물론이고, 제집 안방처럼 활보할 수 있을 것이다.

고로 그가 전해준 정보는 정확한 것이라는 뜻이다.

"오오, 정통제가 죽다니……."

"그 역도는 천벌을 받은 것이오!"

청운자와 분광검협은 자신의 일보다 더 기뻐했다.

분광검협이 입구로 뛰듯이 걸어가며 서둘렀다.

"이 사실을 한시바삐 복황련 사람들에게 알려야겠소. 모두들 미친 듯이 기뻐할 것이오. 허허헛!"

"기다리시오."

그러자 태무악이 분광검협을 제지시켰다.

"우선 내 말을 들어보시오."

태무악은 모두들 자리에 앉아서 홍분을 가라앉히기를 차분히 기다렸다가 입을 열었다.

"황제의 암살 소식이 천하에 알려지면 천존이 다른 수작을 부릴 것이오."

모두들 고개를 끄덕이며 수긍했다.

그러나 분광검협이 이의를 제기했다.

"노부는 단지 복황련 사람들에게만 알리려는 것이오. 그렇게 해서 대책을 마련해야 하지 않겠소? 귀하의 말처럼, 천존이 수작을 부리기 전에 말이오."

태무악이 그의 말을 일축했다.

"과거에 복황련이 역모를 꾸몄다는 이유로 발각되어 수많은 사람들이 처형됐으며, 복황련 내에 밀고자가 있었기 때문이라고 들었소."

"하지만 지금 복황련 사람은 그 당시의 처형에서 살아남은 극소수외다. 그들은 진정 믿을 수 있는 사람들이오."

뜻밖에 청운자가 고개를 가로저으며 태무악 편을 들었다.

"무림에는 이런 말이 있소. '적은 첩자를 한 명만 심지 않는다'는 것이오. 만약 첩자가 여럿이라면, 아직 복황련에 독버섯처럼 웅크리고 있을 것이오."

과연 그의 말은 효과가 있었다. 분광검협은 크게 고개를 끄덕이며 수긍했다.

"미안하오. 노부가 성급했소."

태무악은 중인을 천천히 쓸어보면서 물었다.

"정통제는 천존에 대한 체포령을 내리려다가 암살당했소. 천존이 선수를 친 것이오."

"체포령을……."

장내가 다시 술렁였다. 모두들 극도로 증오하는 정통제지만, 그가 체포령을 발동한 후에 암살당했으면… 하는 아쉬운 표정이 역력했다.

"우리는 천존의 다음 수순을 짐작해 내야 하오."

태무악의 말에 오랫동안 입을 다물고 있던 철장신개가 고개를 끄덕이며 말했다.

"천존은 자신에 대한 체포령을 제지하느라 앞뒤 생각하지 못하고 급히 정통제를 암살했을 것이네. 황제가 죽었다는 사실을 지금은 통제하고 있지만 언제까지 그럴 수는 없네. 조만간 밝혀야만 하겠지."

모두 철장신개의 말에 귀를 기울였다.

"밝히기 전에 누굴 다음 대 황제로 즉위시킬 것인가를 결정할 게야. 정통제에겐 네 명의 아들이 있는데, 정통제를 빼다 박을 정도로 닮은 첫째는 이미 천존의 수족이 되어 있고, 영민하고 정의로운 둘째는 자금성에서 쫓겨나 초야에 유배된 상태며, 셋째와 넷째는 아직 어리네. 그렇다면 천존이 누굴 다음 대 황제로 삼을 것인지는 분명하네."

두말할 것도 없이 첫째 황자(皇子)를 다음 대 황자로 삼을 것이다.

그는 주광(朱廣)이라고 하는데, 천존이 자신의 친부를 죽였다는 사실을 알게 되더라도 상관하지 않을 정도로 비열하고 탐욕스러운 인간이다.

"참고로, 둘째 황자 주윤(朱崙)은 지난날 복황련 역모 사건에 연루되어 정통제에게 미움을 사서 유배되었네. 우리는 주윤을 황제로 삼으려 했고, 그것은 지금도 변함이 없네."

평소 생각이 깊은 청운자가 불쑥 입을 열었다.

"주광을 죽여야 하오."

철장신개는 고개를 끄덕였다.

"주광이 죽으면 주윤에게도 가능성이 열리는 것이오. 천존은 주윤의 황위 등극을 막으려고 수단과 방법을 가리지 않겠지만, 우리 쪽에서 거국적으로 들고일어나야 할 것이오."

그는 이마를 잔뜩 좁히며 고민했다.

"그런데 과연 누가 어떤 방법으로 주광을 죽이는가 하는 것이 난제외다. 천존은 이미 주광을 황제로 옹립하려고 철통같이 호위를 하고 있을 것이오."

처음부터 난관에 부딪치고 말았다. 주광을 죽인다고 해도 산 넘어 산이지만, 주광을 죽이는 일조차도 엄두가 나지 않는 난제였다.

그때부터 모두들 침묵하고는 궁리를 하느라 머리를 싸맸다.

태무악은 자신의 계획을 말하기 전에 모두의 말을 충분히 들었다. 이제는 그가 입을 열 때다.

"내 계획은 이렇소."

중인의 시선이 태무악에게 집중됐다. 그들은 태무악이 일단 입을 열면 평범한 말을 하지 않는다는 사실을 이미 충분히 경험했기 때문에 자못 긴장했다.

태무악의 목소리는 나직하지만 힘이 실려 있었다.

"주광을 죽이더라도 자금성 내에 태상삼사자와 사신고수들이 있는 한 다음 대 황제는 천존이 정한 인물로 정해질 것이 분명하오."

그의 지적은 백번 정확했다. 자금성 전체가 천존 수중에 들어가 있는데 주광이 아니라 황자들을 모두 죽인들 무슨 소용이 있겠는가.

중인은 긴장된 표정을 지었다. 방금 전에 태무악이 계획이 있다고 말했기 때문이다.

"방법은 하나뿐이오. 자금성을 쓸어버리는 것이오."

순간 모두의 얼굴에 대경실색이 떠올랐다. 자금성을 쓸어버린다는 것은 누구도 생각하지 못했던 일이다.

자금성은 대륙의 심장부다. 그리고 황권을 상징하는 신성불가침의 성역이다.

그러나 천존에게 장악된 자금성은 더 이상 성역 따위가 아니다.

　모두들 놀라는 표정을 지었으나 곧 씁쓸한 표정으로 바뀌었다. 기발한 생각이기는 하지만 대체 무엇으로 자금성을 쓸어버린다는 말인가.

　"계획을 말해주게."

　이미 태무악에 대해서 꽤 많이 알고 있는 철장신개는 자못 긴장된 얼굴로 물었다.

　그제야 청운자와 분광검협은 태무악에게 세부적인 계획이 있을 것이라고 짐작했다.

　"내게 자금성 내의 천존 세력에 가담한 자들의 명단이 있소."

　단예가 조철악의 괴발개발 글씨를 깨끗하게 옮겨서 적은 종이를 꺼내 탁자에 펼쳤다.

　"자금성 내에 거주하고 있는 태상삼사자와 사신고수들, 그리고 이 명단에 있는 자들만 골라서 죽이는 것이오."

　"자금성에는 그들만 있는 것이 아니네. 동창, 서창의 고수와 황궁 고수들, 그리고 수만 명의 황군이 있네. 그들은 어쩔 셈인가?"

　"천존이 정통제를 암살했다는 사실을 알리는 것과 다음 대 황제를 옹립하는 일을 동시에 치러야 하오. 직후 자금성 내의 천존 세력을 쓸어버리는 것이오."

중인이 크게 놀라는 것을 보면서 태무악은 말을 이었다.

"동창과 서창의 우두머리, 황궁 고수와 황군의 우두머리를 한꺼번에 제거하는 일도 병행해야 할 것이오."

천존이 정통제를 암살했다는 사실이 밝혀지면 자금성이 발칵 뒤집힐 것이다.

바로 그때, 동창, 서창, 황궁 고수, 황군의 우두머리들을 죽이고, 다음 대 황제를 발표하여 그로 하여금 자금성을 장악하게 한다면 충분히 가능성이 있다.

이번에도 분광검협이 상기된 얼굴로 서둘렀다.

"그렇다면 속히 주윤 황자를 유배지에서 모셔와야겠소."

"그럴 필요 없소."

태무악이 자르듯 말하자 분광검협은 의아한 표정을 지었다.

"필요없다니, 무슨 말이오?"

"다음 대 황제는 주윤이 아닌 다른 사람으로 옹립했으면 하오."

"그게 누구요?"

도무지 어디로 튈지 알 수 없는 태무악의 입에서 어떤 이름이 나올는지 모두들 그를 주시했다.

"주령이오."

"주령이라니… 설마 선덕제의 금지옥엽이신 운영공주를 말하는 것이오?"

"그렇소."

태무악의 청천벽력 같은 발언에 중인은 혼비백산하여 신음조차 흘리지 못했다.

중인은 여태껏 태무악의 백무일실(百無一失)한 언행으로 미루어 그가 절대로 허언을 할 사람이 아니라고 생각했다.

그렇다면 태무악은 주령이 살아 있으며 어디에 있는지 알고 있다는 뜻이니, 중인이 긴장을 하지 않을 수가 없었다.

"마… 말해보게. 운영공주께선… 살… 아 계시는가?"

겁이 없어서 철담으로 알려진 철장신개는 얼마나 놀라고 긴장했는지 말까지 더듬거렸다.

"살아 있소."

실내 여기저기에서 한숨 소리가 터져 나왔다.

"어디에 계시는지 아는가?"

"알고 있소."

중인의 얼굴이 점차 크나큰 기대와 기쁨으로 물들어가는 것과는 반대로, 태무악의 얼굴은 점점 어두워져만 갔다. 주령과 화운성의 일이 자꾸만 떠오르기 때문이다.

앉아 있는 사람은 태무악 혼자뿐이다. 모두 자신들이 일어섰는지도 모르는 상태에서 일어나 두 손을 맞잡고 땀을 흘리면서 태무악을 주시하고 있었다.

그렇지만 태무악은 두 손을 깍지 낀 채 탁자에 올려놓고 약간 고개를 숙인 자세에서 한동안 굳게 입을 다물고 있었다.

그가 왜 그러고 있는지 아무도 짐작조차 하지 못했다.

슥—

이윽고 태무악이 일어나서 조용히 말문을 열었다.

"지금 데리고 오겠소."

이어서 뒤도 돌아보지 않고 석실을 나갔다.

그가 복도를 쏘아갈 때, 석실 안에서 탄성과 놀라움에 가득 찬 말소리가 한꺼번에 흘러나왔다.

쉬이이—

태무악은 이미 어두워진 북경성 내 건물들 지붕 위를 한줄기 밤바람처럼 쏘아갔다.

그는 조철악에게 정통제가 암살됐다는 소식을 듣는 순간 주령을 떠올렸다.

이어서 자신이 주축이 되어 주령을 여황으로 즉위시키는 기발한 계획을 세웠다.

계획을 세우면서 그는 자신과 주령은 무관하며, 오직 천존에게 체포령을 내리기 위해서일 뿐이라고 수없이 다짐하고 자신을 채찍질했다.

복황련이 황제감으로 점찍어놓은 주윤을 황위에 올릴 수도 있다.

하지만 태무악은 굳이 주령을 여황으로 삼자고 주장했다.

그 이유는 그 자신도 모른다. 왜 그랬는지 생각하고 싶지도 않다.

어쩌면 주령이 있을 곳이 북경성 내 초라한 의원이 아니라 자금성이라고 생각했는지도 모른다.

'주령을 그들에게 데려다 주면 그것으로 끝이다. 그 이후에는 더 이상 그 계집애를 만나지 않아도 된다.'

태무악은 어금니를 악물고 눈빛을 일부러 차갑게 만들며 내심으로 자신을 타일렀다.

만약 무령원에 갔다가 화운성을 맞닥뜨리게 되면 그를 죽이리라 마음먹었다.

백 년 공력이 증진됐으니 능히 그를 죽일 수 있을 것이라고 생각했다.

그는 내심 화운성과 마주치기를 원했다. 그와 한바탕 싸우고, 또 그를 죽이면 답답한 마음이 시원하게 풀릴 것 같았다.

그런데 문득 주령이 화운성을 좋아하고 있다는 사실이 생각났다.

그를 죽이면 주령이 몹시 슬퍼할 것이다. 태무악은 주령이 밉지만 그녀가 슬퍼하는 것은 싫다.

'빌어먹을!'

속으로 투덜거리고 있을 때 저만치 전면에 무령원의 모습이
나타났다.

다행인지 불행인지 태무악은 화운성을 만나지 못했다. 화운
성은 무령원에 없었다.

태무악은 주령의 거처를 쉽게 찾아낼 수 있었다. 그녀 특유
의 난향이 흘러나오는 곳만 찾으면 되는 일이었다.

추호의 기척도 없이 주령의 방이라고 짐작되는 곳으로 잠입
했다. 그러나 방에는 아무도 없었다.

그는 방 안에서 주령 특유의 기척을 감지했기 때문에 이곳
어디에 비밀스러운 장소가 있을 것이라고 판단하여 예리하게
실내를 둘러보았다.

곧 태무악의 시선이 한곳에 멈추었다. 그곳은 벽에 붙어 있
는 하나의 커다란 서가인데, 그 뒤쪽에서 주령의 기척이 감지
되고 있었다.

서가를 가볍게 밀어내자 하나의 통로가 나타나고 그 안쪽에
아래로 뻗은 좁은 돌계단이 보였다.

태무악은 잠시 물끄러미 돌계단을 굽어보다가 이윽고 계단
아래로 내려갔다.

어두컴컴한 돌계단을 다 내려가자 아담한 크기의 지하 석실
이 나타났다.

그러나 태무악은 석실로 나가지 못하고 돌계단 아래에서 석

상처럼 굳어버렸다.

석실 한복판의 나지막한 석대 위에 주령이 가부좌의 자세로 앉아 운공조식을 하고 있는 광경을 발견했기 때문이다.

태무악은 주령의 옆모습을 뚫어지게 주시하며 움직이지도 않을 뿐 아니라 눈도 깜빡이지 않았다.

지난번에 창틈으로 살짝 들여다본 주령은 부분적인 모습이었다.

그러나 지금은 그녀의 전체 모습이다. 더구나 손을 뻗으면 닿을 듯 가까운 거리에 있다.

주령은 지난번에 봤을 때보다 훨씬 더 아름다웠다. 긴 머리카락을 틀어 올려 취황잠을 꽂았으며, 잡티 한 점 없는 희고 고운 얼굴과 학처럼 긴 목, 섬연하면서도 가녀린 몸매. 하지만 가슴은 풍만했다.

태무악은 순전히 공적인 일로 이곳에 오는 것이라고 자신을 타일렀으나 막상 이처럼 가까이에서 그녀를 보게 되자 마음이 크게 흔들렸다.

"하아……."

그때 주령이 눈을 뜨면서 나직하고 긴 한숨을 토해냈다.

그 바람에 태무악은 퍼뜩 정신을 차리고 슬쩍 신형을 날려 그녀의 뒤쪽으로 이동했다.

태무악의 존재를 꿈에도 모르는 주령은 느릿한 동작으로 석대에서 내려와 바닥에 우뚝 섰다.

이어서 품속에서 한 자루 눈처럼 흰 검을 꺼내 오른손에 움켜잡았다.

태무악은 그 검이 자신이 구해준 초월검이라는 사실을 한눈에 알아보았다.

주령은 두 발을 어깨 넓이로 벌리고 제법 당당한 자세로 우뚝 서더니 천천히 초월검을 들어 올렸다.

이어서 전면을 주시한 채 검법을 전개했다.

스스스사사사…….

초월검이 한 번 허공을 가를 때마다 수십 자루 초월검이 서로 연결된 듯한 검영(劍影)을 만들어 찬란하게 허공을 수놓았다.

그녀의 오른팔은 거침없이 구름이 흐르듯 움직였다. 긋고, 찌르고, 밀고, 당기고, 원을 그리고, 허공을 켜켜이 베었다.

그럴 때마다 수십, 아니, 수백 자루 초월검의 검영이 허공을 가득 찬란하게 뒤덮었다.

태무악은 그녀가 전개하고 있는 검법이 자신이 가르쳐 준 비산탄류라는 것을 한눈에 알아보았다.

그가 보기에 그녀의 비산탄류는 완벽한 수준이었다. 단지 공력이 부족하여 제 위력을 발휘하지 못했다.

그로 미루어 그녀가 하루도 빠짐없이 비산탄류를 연마했다는 사실을 짐작할 수 있었다.

갑자기 태무악은 위로 둥실 떠올라 등을 천장에 붙였다. 주령이 검법을 전개하면서 몸을 회전하고 있기 때문이다.

그렇지만 천장도 안전한 장소가 되지 못했다. 그래서 그는 주령의 검법 수련이 끝날 때까지 그녀의 시선을 피해서 좁은 석실 안을 이리저리 돌아다녀야만 했다.

이윽고 검법 수련이 끝나자 주령은 긴 한숨을 토해내며 그 자리에 멈춰서 초월검을 품속에 갈무리했다.

"……!"

그 순간 그녀는 갑자기 뒷덜미가 뜨끔한 것을 느꼈다. 하지만 단지 그것뿐, 그녀는 곧 혼혈이 제압되어 깊은 잠 속으로 빠져들었다.

뒤에 서 있던 태무악은 쓰러지는 그녀를 가볍게 안아 들었다.

그는 두 팔로 안은 주령을 물끄러미 굽어보았다.

이럴 것이라고는 추호도 예상하지 못했는데 막상 그녀를 안고 보니까 실로 만감이 교차했다.

그 옛날 그가 얼마나 많이 안고, 업으며, 만졌던 가녀린 몸이었던가.

그때보다 몸이 성숙해져서 무게가 조금 더 나가고, 파릇파릇하던 소녀에서 여인의 모습으로 변했으나, 그녀는 여전히 주령인 것이다.

　그녀를 굽어보는 태무악의 눈초리가 파르르 잔떨림을 일으키며 파도쳤다.

　문득 그는 두 팔에 약간의 힘을 주어 그녀를 가만히 품에 안았다.

　그녀의 몸은 뼈가 없는 듯 나긋나긋했고 포근했다.

　그러면서 그는 천천히 고개를 숙여 자신의 입술을 그녀의 입술로 가져갔다.

　하지만 이것은 그의 이성이 시키는 일이 아니다. 그리고 그 자신은 조금도 의식하고 있지 않은 행동이다.

　마침내 두 개의 입술이 서로 맞닿았다. 그윽한 난향이 물씬 풍겼다.

　그녀의 입술은 여태껏 태무악이 경험했던 그 어떤 것보다도 부드럽고 향기로웠다.

　단지 주령과 입을 맞춘 것만으로 태무악은 몸이 녹아버릴 것 같은 착각을 느꼈다.

　그러면서 옛날 주령과 함께 보냈던 수많은 날들과 추억들이 주마등처럼 순식간에 스쳐 지나갔다.

　그리고 마지막 장면은 이곳 무령원에서 멈추었으며, 마지막 영상은 화운성의 얼굴이 떠오르는 것으로 끝맺었다.

　순간 그는 벌에 쏘인 듯 급히 주령의 입술에서 입술을 떼며 얼굴을 일그러뜨렸다.

‘이게 무슨 짓인가! 바보 같은 놈!’

그는 자신을 크게 꾸짖고는 즉시 돌계단을 쏘아 올라갔다.

第九十一章

해후(邂逅)

大武神

대무신

영정하 강둑에서 숲으로 삼 장쯤 들어간 곳에 화운성이 우뚝 서 있었다.

그리고 그 옆에는 한 명의 노인이 서 있고, 앞에는 다른 한 명의 중년인이 봉분을 파헤치고 있었다.

굳은 표정의 화운성의 시선은 파헤쳐지고 있는 봉분 앞에 세워져 있는 묘비로 사용한 길쭉한 바위에 고정된 채 움직이지 않았다.

바위에는 세로로 '仲玄(중현)'이라고 새겨져 있었다. 묘비가 맞다면 봉분 아래에는 중현의 시신이 누워 있을 것이다.

“대공.”

화운성 옆에 서 있는 노인, 즉 천령구위의 사위인 사천절대가 조심스럽게 화운성을 불렀다.

화운성이 구덩이로 천천히 걸어가자 봉분을 파헤친 사천절대의 위수가 공손히 뒷걸음으로 물러났다.

화운성은 구덩이 안을 굽어보다가 꿈틀, 짙은 검미를 꺾으며 무겁게 중얼거렸다.

“중현…….”

다섯 자 깊이의 구덩이 바닥에 반듯한 자세로 지그시 눈을 감은 채 누워 있는 흙투성이 모습의 백의인은 한눈에도 중현이 분명했다.

화운성의 눈이 바르르 경련을 일으켰다. 그에게 중현은 숙부, 아니, 아버지 같은 존재였다.

그는 지금 자신의 가장 가까운 사람의 죽음을 굽어보고 있는 것이다.

“꺼내라.”

화운성의 명령에 위수가 즉시 중현을 구덩이 밖으로 꺼내기 시작했다.

“조심해라!”

그러다가 중현의 머리가 구덩이 벽에 가볍게 부딪치자 화운성이 발끈 소리를 질렀다.

위수는 전전긍긍하며 극도로 조심하여 중현의 시신을 구덩
이 밖에 내려놓았다.

화운성은 침통한 얼굴로 한동안 중현을 굽어보다가 이윽고
그 옆에 무릎을 꿇고 앉아 그의 몸을 살피기 시작했다.

그의 시선이 제일 먼저 중현의 심장 부위로 향했다. 그곳에
는 심장이 완전히 관통된 검흔이 있었다. 깊게 생각하지 않아
도 그것이 치명상이었음을 알 수 있다.

그런데 심장의 상처는 일반적인 검이 낸 것이 아니었다. 상
처 부위가 불로 지진 듯이 타 있었다. 마치 검을 뜨겁게 달구
었다가 심장에 찌른 것 같았다.

그러나 화운성은 그것이 뜨겁게 달군 검이 아니라는 사실을
알고 있다.

그는 그런 수법과 그것을 사용하는 사람을 알고 있을 뿐만
아니라 한차례 싸워본 적도 있다.

"음! 무형신룡검!"

그의 망막에 태무악의 독기 어린 얼굴이 선명하게 떠올랐
다.

＊　　　＊　　　＊

"음……."

주령은 낮은 신음을 흘리면서 잠에서 깨어났다.

"아!"

그녀는 자신의 방 지하 석실에서 검법을 수련하던 중이었다는 사실을 깨닫고 벌떡 일어나 앉았다.

"여기는……."

직후 그녀는 자신이 최고급 침상에 앉아 있으며, 크고 화려하며 정갈한 실내에 있다는 사실을 발견했다.

'내가 어떻게 해서 이런 곳에… 아!'

생각하던 그녀는 내심 탄성을 터뜨리고는 손가락으로 자신의 입술을 만졌다.

"악 가……."

그녀의 얼굴이 꿈을 꾸듯이 몽연하게 물들었다.

"악 가께서 내 입술을 만졌어……."

태무악이 그녀의 난향을 단번에 식별했듯이, 그녀 역시 태무악만의 독특한 체취를 생생하게 기억하고 있다.

주령은 자신의 손과 어깨와 상의의 냄새를 맡으면서 더 크게 놀라면서 기뻐했다.

"아아, 내 몸에서 온통 악 가의 체취가 느껴져……. 이게 대체 어떻게 된 일이지?"

이끌리듯 침상에서 내려선 그녀는 초조하게 주위를 두리번거렸다.

"악 가께서 나를 데려온 것이 분명해. 아아… 악 가, 어디에
계세요?"

믿어지지 않는 일이었다. 그녀는 무령원 자신의 방 지하 석
실에서 검법 수련을 하고 있었는데, 갑자기 잠이 들었고 깨어
나 보니 이상한 곳에 와 있으며, 온몸에서 그리운 태무악의 체
취가 물씬 풍기고 있는 것이다.

그녀는 눈물을 글썽이면서 두리번거리며 태무악을 찾느라
여념이 없었다.

척!

그때 방문이 열리는 소리에 그녀는 깜짝 놀라 급히 그쪽을
바라보며 부르짖었다.

"악 가!"

그러나 실내로 들어서고 있는 것은 태무악이 아니라 낯선
사람들이었다.

그들은 철장신개와 청운자, 분광검협, 단현림, 우무평, 삼풍
호개, 단예, 우란 등이다.

철장신개 등은 나란히 서서 아주 천천히 실내로 걸어 들어
가면서 주령을 뚫어지게 주시했다.

모두들 눈도 깜빡이지 않고 주시하며 그녀에게서 운영공주
의 흔적을 찾으려는 기색이 역력했다.

그때 철장신개 뒤쪽에서 앞선 사람들 틈새로 주령을 발견한

삼풍호개가 갑자기 자지러질 듯 비명을 질렀다.

"앗! 옥선!"

그가 너무 놀라서 비칠거리면서 앞으로 나서는 것을 발견한 주령은 깜짝 놀랐다.

"아! 호개 오라버니."

철장신개가 크게 놀라는 표정으로 주령을 가리키며 삼풍호개에게 물었다.

"이분이 옥선이란 말이냐?"

그는 북경성의 활불 옥선에게 약재라든지 필요한 것들을 수시로 도와주고 있으면서도 그녀를 실제로 보는 것은 지금이 처음이다.

"그렇습니다, 사부님."

삼풍호개는 주령 앞으로 다가가 놀라움이 가시지 않은 얼굴로 물었다.

"옥선께서 여기에 어인 일이십니까?"

"모르겠어요. 무령원에서 깜빡 잠이 든 것 같았는데 깨어나 보니까 이곳이었어요."

말을 하면서도 그녀는 자신의 앞쪽에 죽 늘어서 있는 사람들 속에서 태무악을 찾으려고 애썼다.

"그분… 악 가께서 나를 데려왔어요."

"그를 봤습니까?"

주령은 안타깝고도 간절한 표정으로 고개를 살래살래 가로
저었다.

"그런데 그가 옥선을 모시고 왔다는 사실을 어떻게 아셨습
니까?"

"나는 그분의 체취를 잘 알아요. 지금 내 몸 곳곳에 그분의
체취가 묻어 있어요. 그러니까 그분이 나를 안고 이곳에 데려
온 것이 분명해요."

"맞소! 틀림없는 운영공주외다!"

그때 실내에 들어설 때부터 뚫어지게 주령을 주시하고 있던
청운자가 기쁜 탄성을 터뜨렸다.

그는 십여 년 전에 황궁에 두 차례 불려간 적이 있었으며,
그때 일곱 살짜리 어린 운영공주를 볼 기회가 있었다. 그래서
주령의 얼굴을 뚫어지게 보며 어렸을 때의 모습을 발견하려고
애썼던 것이다.

그는 급히 주령 앞으로 나서 기쁨을 감추려고 애쓰며 조심
스럽게 물었다.

"혹시… 빈도를 알아보시겠습니까?"

주령은 청운사를 보며 총명한 눈을 깜빡거렸다.

"청성파의 청운자가 아니신가요?"

"오오!"

"그때 저에게 태극 문양의 노리개를 선물로 주었지요?"

“그… 것을 아직도 기억하고 계시다니…….”

청운자는 자신이 무림 명숙이며 나이가 지긋하다는 사실도 잊은 채 감회에 젖어 굵은 눈물을 뚝뚝 흘렸다.

그로써 주령이 운영공주라는 사실은 분명해졌다.

모두들 그 자리에 부복하여 이마를 바닥에 대고 최대의 예를 취했다.

“운영공주를 뵈옵니다!”

삼풍호개는 미처 부복하지 못하고 어정쩡한 자세로 서 있다가 황급히 무릎을 꿇고 머리를 조아렸다.

“오… 옥선을… 아니, 운영공주를 뵈옵니다!”

주령은 깜짝 놀라는 표정을 지었다가 잠시 후 다소곳한 자세로 조용히 입을 열었다.

“모두 일어나세요.”

중인은 조심스럽게 일어나 만면에 더할 수 없이 기쁜 표정을 떠올리며 주령의 얼굴을 보느라 여념이 없었다.

“……!”

철장신개와 청운자 등의 자세한 설명을 듣고 난 주령의 놀라움은 매우 컸다.

그녀는 한동안 아무 말도 하지 않고 오도카니 앉아 있었다.

모두들 긴장된 표정으로 그녀가 입을 열기를 기다렸다.

그러나 중인은 그녀가 다음 대 여황으로의 즉위를 승낙할 것이라고 믿어 의심하지 않았다.

"말씀 잘 들었어요."

이윽고 주령이 청아한 목소리로 말문을 열자 중인은 더욱 긴장하여 그녀를 주시했다.

"저는 자금성이 천존에게 유린되었고, 그들에 의해서 아버님과 어머님, 그리고 많은 사람들이 죽임을 당했으며, 천존과 결탁한 숙부가 그의 영향력으로 황제에 즉위했다는 사실을 알고 있었어요."

그 말에 중인은 크게 놀랐다.

"어떻게 아셨습니까?"

성격 급한 분광검협이 모두를 대신해서 공손히 물었다.

"연건후, 연 숙께서 말해주었어요."

철장신개 등 복황련의 세 사람은 또다시 크게 놀랐다.

"공주께서 연건후를 아십니까?"

주령은 고개를 끄덕였다.

"제가 자금성에서 죽음의 위기에 처했을 때 연 숙을 비롯한 열다섯 분의 의협께서 저를 탈출시켰어요. 그 과정에서 모두 죽고 연 숙과 저만 살아남았지요."

"아아……."

모두들 탄성을 터뜨리며 고개를 크게 끄덕였다. 주령이 삼 년 전의 참화에서 탈출한 경위를 이제야 듣게 된 것이다.

또한 연건후는 자금성 주위를 맴돌면서 정보를 캐내려고 애쓰던 중에 우연히 복황련 사람을 만나게 되어 이 년 전에 가입을 했다.

하지만 복황련 사람들은 그가 운영공주의 측근이라는 사실은 꿈에도 짐작하지 못했다.

"복황련 여러분들이 노심초사 애써주시는 것을 잘 알고 있어요. 진심으로 감사드립니다."

주령이 나볏이 고개를 숙이자 중인은 황망하여 급히 이마를 탁자에 댔다.

"어이쿠! 이러지 마십시오, 공주!"

주령은 상체를 곧추세우고 고개를 들며 단호한 어조로 입을 열었다.

"솔직하게 말씀드리겠어요."

그녀가 엄숙한 표정을 짓자 중인은 열 배 이상 더 엄숙하게 귀를 기울였다.

"저는 일찍이 한 남자에게 여러 차례 구명지은을 입었어요. 그리고 그 과정에 그를 진심으로 사랑하게 되었지요."

난데없는 얘기다. 하지만 삼풍호개는 그녀가 무슨 말을 하려는지 짐작했다.

주령의 깊은 계곡에서 흐르는 계류처럼 청아한 목소리가 고즈넉이 실내를 울렸다.

"저는 제가 여황이 되는 것보다 더 중요하게 여기는 평생의 한 가지 과업이 있어요."

"그게 무엇입니까?"

중인의 궁금증이 더욱 증폭됐다.

"그것은 제가 한 남자의 아내가 되는 것이에요."

주령이 설마 그런 말을 할 줄은 상상하지도 못했던 중인은 아연실색한 표정으로 그녀를 쳐다보았다.

그들이 놀라는 것을 아랑곳하지 않는 주령이 말을 이었다.

"만약 그분이 제가 여러분의 뜻에 따르는 것을 허락하시면 저는 기꺼이 여황이 되겠어요."

주령의 말인즉, 여황이 되는 것보다, 그리고 일개 국가의 흥망보다 한 남자의 사랑을 얻는 것이 훨씬 더 중요하다는 의미이다.

중인은 복잡하면서도 당혹한 표정으로 주령을 쳐다보면서 무슨 말로 그녀를 설득할 것인가를 궁리하느라 부심했다.

거의 다된 일을 생판 모르는 한 남자 때문에 망칠 위기에 놓인 것이다.

"이 계획은 그가 세운 것입니다."

그때 삼풍호개가 불쑥 말했다.

주령은 적잖이 놀라는 얼굴로 물었다.

"악 가께서 이 계획을 세웠다고요?"

"그렇습니다."

갑자기 삼풍호개가 벌떡 일어나 문 쪽으로 성큼성큼 걸어가 방문을 왈칵 열었다.

모두들 그곳을 쳐다보다가 가볍게 놀라는 표정을 지었다.

더구나 주령은 너무 놀라서 얼굴빛이 새하얗게 변했다.

문밖에는 태무악이 우뚝 서 있었다.

사람들은 그가 문밖에 서서 실내의 대화를 듣고 있었다는 사실을 깨달았다.

그의 얼굴은 붉게 상기되어 있었고, 얼굴을 잔뜩 찌푸린 모습인데, 실내의 대화에 심취해 있었음을 알 수 있다. 오죽하면 삼풍호개가 방문을 열 때까지도 모르고 있었겠는가.

순간 주령이 찢어질 듯 비명을 지르며 태무악에게 달려갔다.

"악 가!"

태무악은 우두커니 서서 복잡한 표정으로 그녀를 물끄러미 바라보기만 했다.

달려오는 주령의 얼굴은 어느새 온통 눈물범벅이 돼 있었다. 입에서는 격렬한 흐느낌이 터져 나오고, 태무악을 바라보는 눈은 별처럼 빛났다.

그 모습을 보면서, 아니, 방문 밖에 서서 주령의 절절한 말을 들었을 때부터 태무악은 자신이 오해하고 있었다는 사실을 깨달았다.

원래 그는 주령을 이곳에 데려다 놓은 이후 두 번 다시 그녀를 보지 않겠다고 생각했다.

그래서 주령의 혼혈을 풀어준 즉시 방을 나왔고, 철장신개 등만 들어가게 했던 것이다.

하지만 그는 주령의 근처를 벗어나지 못했다. 이성은 냉정하라고 강요하지만, 그녀를 향한 애끓는 감정은 마치 족쇄가 채워진 양 그녀 주위를 맴돌게 만들었다.

그는 자신이 오해했음을 깨달았으나 방으로 뛰어들어 가지 못했다.

부끄러웠기 때문이다. 그리고 그녀를 오해한 자신이 너무도 초라하고 바보 같았기 때문이다.

마침내 모든 것을 훌훌 다 털어버린 태무악의 얼굴이 빠르게 밝아지고 있었다.

주령이 달려오는 거리는 삼 장여에 불과하지만, 기실 그녀는 삼 년, 아니, 사 년이 다 돼가는 시공(時空)을 뛰어넘고 있는 중이다.

사랑은 실로 위대하다. 진실한 사랑은 모든 것을 다 이해하고 용서하며, 어떠한 고난이라도 기어코 이겨내게 해준다.

태무악은 한 걸음 두 걸음 주령을 향해 마주 걸어가며 두 팔을 벌렸다.

삼풍호개는 벙글벙글 미소를 지으며, 그리고 두 눈에서는 닭똥 같은 눈물을 뚝뚝 흘리면서 쳐다보고, 다른 사람들은 놀라움에 찬 얼굴로 주시하고 있다.

"악 가!"

와락!

소나기에 흠뻑 젖은 가녀린 한 마리 새처럼 달려온 주령이 크고 넓은 태무악의 가슴으로 뛰어들었다.

그의 가슴에 얼굴을 묻고, 두 팔로 그의 허리를 꼭 끌어안으며, 떨어질세라 떨어지면 다시는 만나지 못할 것처럼, 온몸을 밀착시키면서 흐느끼고 또 흐느낀다.

사 년여가 다 되어가도록 남몰래 혼자서 그리움에 몸을 떨며 흘렸던 그 많은 눈물의 보답을, 주령은 태무악과의 뜨거운 포옹에서 받아내고 있었다.

몸부림치지도 않고, 왜 이제야 왔느냐고 앙탈하지도 않고, 그리웠노라고, 너무도 사무치게 그리워서 숨이 끊어질 것 같았다고 하소연하지도 않으며, 그녀는 그저 태무악의 몸속으로 스며들 듯이 자꾸만 품속으로 파고들었다.

태무악은 가냘프고 아담한 몸매의 주령을, 아니, 그의 슬픔과 기쁨과 비애와 희망과 그 모든 것들을 품고 있는 이상(理想)을 힘껏 부둥켜안았다.

두 사람은 아무 말도 하지 않았다. 말하지 않아도 서로가 무슨 마음인지 알기 때문이다.

말하지 않아도 서로가 서로에게 얼마나 소중한 존재인지 너무도 충분히 알고 있기 때문이다.

삼풍호개는 영문을 모른 채 어리둥절해하고 있는 중인에게 손짓 발짓 해가면서, 그리고 눈물과 콧물을 쏟으며 두 사람이 어떤 관계인지 설명했다.

그의 설명을 다 듣고 단예는 물론, 억척스러운 우란까지도 눈물을 흘리며 두 사람의 해후를 진심으로 기뻐해 주었다.

오랜 시간이 지나서야 주령은 태무악의 가슴에서 얼굴을 떼고 그를 말끄러미 올려다보았다.

흠뻑 이슬에 젖은 배꽃처럼 해사한 그녀의 얼굴에 함초롬히 수줍은 미소가 사붓사붓 떠올랐다.

그녀는 천천히 두 손을 뻗어 올려 태무악의 얼굴을 무척이나 소중하게 감쌌다.

그리고 죽을 때까지 단 한 번만 토해낼 수 있는 진실함을 담아 빠알간 입술을 나풀나풀 움직여 속삭였다.

"잘 왔어요, 내 사랑."

그렇게 말하고는 벅차오르는 기쁨을 또다시 스스로 이기지 못하여 왈칵 눈물을 쏟아내는 주령이다.

第九十二章

순종(順從)

神
武 大
대
무
신

동이 트기 전.

실내에는 태무악과 주령, 철장신개, 세 사람만 있다.

주령은 태무악 곁에 꼭 붙어서 앉아 있고, 맞은편에 철장신개가 앉았다.

조금 전까지 태무악을 위시해서 모두 모인 자리에서 거사(巨事), 즉 정통제의 죽음을 언제 어떻게 천하에 터뜨릴 것인지, 주령이 자금성에 들어가는 것과 여황 즉위를 어떤 방법으로 할 것인지, 그리고 자금성의 천존 세력들을 어떻게 해서 쓸어버릴 것인지를 숙의했고, 결론을 내렸다.

지금 태무악은 개인적인 질문을 위해서 철장신개와 마주 앉은 것이다.

주령은 지금껏 여러 사람과 상의를 하는 내내 태무악의 곁에서 한시도 떨어지지 않았다.

그렇다고 그에게 매달리거나 안기거나 그를 귀찮게 하지는 않고, 그저 곁에 다소곳이 앉아 있을 뿐이다.

그것만으로도 그녀는 충분히, 아니, 넘치도록 행복했다.

"할 말이라는 것이 뭔가?"

태무악이 먼저 입을 열기를 기다리고 있던 철장신개가 침묵을 참지 못하고 깼다.

"오행신체가 무엇이오?"

"오행신체라고 했나?"

"그렇소."

철장신개는 그것이 뜬금없는 질문이라고 생각했으나 설마 태무악이 전설상의 오행신체일 것이라고는 꿈에도 생각하지 않았다.

설명이 길어질 것이라고 생각한 철장신개는 팔짱을 끼면서 자세를 편안하게 고쳐 앉았다.

"그것은 단 한 차례도 인세에 출현한 적이 없는 전설상의 신체일세."

그렇게 시작된 그의 설명은 반 시진이 지나서야 끝났다. 그만큼 그의 지식이 해박하다는 것이고, 또한 오행신체에 대해서 설명할 것이 많다는 뜻이다.

태무악은 몹시 놀랐으나 겉으로는 내색하지 않았다.

중현은 죽기 전에 태무악이 오행신체라고 알려주었다.

그랬기 때문에 천존이 그를 필요로 했던 것이고, 그것이 원인이 되어 청은장이 멸문지화를 당하고 태무악 자신은 무간옥으로 보내졌던 것이다.

그는 철장신개의 설명을 다 듣고 나서 그것을 재해석했다.

왜냐하면, 그의 설명은 맞는 것들도 있지만 틀린 것들도 있기 때문이다.

그러나 태무악은 그의 설명을 듣고 자신이 오행신체가 틀림없다고 생각했다.

철장신개의 설명 중에서 맞는 것들, 예를 들면, 오행신체는 제아무리 큰 중상을 입어도 절대 죽지 않으며, 어떤 상처라도 스스로 치료하는 능력이 있다는 것. 삼라만상 중에서 오행지기를 흡수하여 자신의 공력으로 만들거나 그것을 여러모로 이용한다는 것. 한 번 듣거나 본 것은 절대로 잊지 않는 개세적인 기억력. 태어나면서부터 만독불침지체라서 강한 독물에 물려도 끄떡없다는 것 등이 그랬다.

철장신개는 오행신체의 구체적인 능력에 대해서는 잘 알고 있지 못했다.

이를테면 체내의 혈도를 자유자재로 옮기는 것이나 공력을 단전 외에 온몸 어디에라도 저장할 수 있다는 것. 공력을 사용하지 않아도 캄캄한 밤중에 대낮처럼 잘 볼 수 있으며, 먼 곳의 소리를 또렷하게 들을 수 있고, 냄새를 맡는 능력이 뛰어나다는 것 등이다.

철장신개가 입에서 침을 튀겨가며 오행신체의 경이로움에 대해서 장황하게 설명을 했으나 태무악은 그다지 실감하지 못했다.

평범한 사람하고 비교를 해봐야 비교 우위를 느낄 수 있을 텐데, 그렇게 해본 적이 없기 때문이다.

그리고 그는 자신이 남들보다 특별한 능력을 지녔다는 사실을 경험한 적이 없었다.

주령은 말끄러미 태무악의 옆얼굴을 바라보았다. 그러면서 그녀는 그가 오행신체일 것이라고 확신했다.

예전에 함께 도주할 때 그녀는 태무악의 몇 가지 놀라운 능력들을 직접 목격하고 크게 놀란 적이 여러 번 있었다.

그때는 그저 막연하게 놀랍고도 신기하게만 여겼는데, 이제 보니 그가 오행신체였기 때문이다.

무엇인가 곰곰이 생각하던 태무악은 갑자기 뭔가 깨달은 듯한 표정을 지었다.

'내가 착각했군.'

그는 오행신체에 대한 철장신개의 설명을 구태여 재해석할
필요가 없다고 생각했다.

그의 설명이 맞는 것도 있고 틀린 것도 있다는 태무악의 생
각이 잘못됐기 때문이다.

설명이 맞다고 생각한 것은 그가 이미 경험해 봤기 때문이
고, 틀리다고 생각하는 것은 경험해 본 적이 없기 때문이다.

모르고 또 경험해 본 적이 없다는 이유로 그것이 틀렸다고
판단하는 것은 잘못이다.

오히려 철장신개가 설명한 것들 중에서 처음 들은 내용들을
지금부터 하나씩 시험해 봐야 마땅한 일이다.

"잘 들었소. 도움이 됐소."

태무악이 고개를 끄덕이며 고마움을 표하자 철장신개는 별
것 아니라는 듯 손을 저으며 방을 나갔다.

"이 늙은 거지는 이제부터 늙은이들끼리 머리를 맞대고 우
리에게 주어진 과제를 파고들어서 관철시켜야겠네."

그가 말하는 과제란 어떻게 해서 주령을 여황으로 즉위시킬
지 방법을 강구하는 것이다.

그리고 태무악은 자금성 내의 천존 세력들을 주살하는 일을
맡았다.

두 가지 일 중 어느 것도 결코 쉽지 않다. 또한 둘 중 하나라
도 실패하면 거사 전체가 실패하게 된다.

둘이 남게 되자 태무악은 깊은 생각에 잠겼고, 주령은 다소 곳이 앉아 그를 바라보았다.

그렇게 반 시진이나 지났으나 태무악도 주령도 흐트러짐없이 그 자세 그대로 앉아 있었다.

그때 문득 오랜 생각에서 깨어난 태무악은 고개를 들다가 주령이 자신을 맑은 눈으로 말끄러미 응시하고 있는 것을 발견했다.

태무악은 빙그레 미소 지으며 손을 뻗어 그녀의 뺨을 부드럽게 어루만졌다.

둘 사이에 어색함 같은 것은 조금도 없다. 이들은 수많은 역경과 사경을 넘어 끝끝내 살아남았으며, 이후 다시 만날 기약도 없이 헤어졌다가 천신만고 끝에 해후했다.

그런 사람들은 쓸데없는 것으로 문제를 만들거나 시간과 사랑을 낭비하지 않는다.

어떻게 해서 살아남고 또 기다렸으며 만난 사람들인데, 사랑만 하기에도 시간이 부족한 것이다.

스르르.

주령이 쓰러지듯이 태무악 가슴에 안겼다.

태무악은 그녀를 품에 꼭 안았다가 잠시 후 품에서 떼어내고는 그녀의 양 뺨을 두 손으로 감싸고 고개를 숙여 입술을 가져갔다.

주령은 얼굴이 발그레 물들면서 눈을 사르르 감았다. 긴 속눈썹이 바르르 떨렸다.

크고 두툼하고 거친 입술과 작고 촉촉하며 부드러운 입술이 가만히 부딪쳤다.

서로 다른 입술이지만 뜨겁다는 점에서는 같았다. 그리고 서로를 애타게 갈구하고 있다는 점에서도 같았다.

주령이 몸을 바르르 떨며 입술이 살짝 벌어지자 그 사이로 태무악의 혀가 폭군처럼 침입했다.

두 사람은 전에도 여러 차례 입맞춤을 했고, 서로의 혀도 음미한 적이 있었다.

그렇지만 그때는 태무악이 주령에게 귀식대법을 전개하기 위함이었고, 또 호흡을 불어넣어 주기 위해서였다.

아무런 사심이 없었다는 뜻이다. 물론 태무악 혼자에게만 국한된 애기지만 말이다.

그러나 지금은 그때와 다르다. 두 사람 다 행복과 흥분으로 몸서리를 치며 격렬하게 서로의 입술과 혀를 유린하고 기꺼이 유린당했다.

두 개의 크고 작은 혀가 엉키고 타액과 타액이 혼합되고 그것을 꿀보다 더 맛있게 목구멍 안으로 삼켰다.

두 사람의 입맞춤은 언제까지나 끝날 줄을 몰랐다.

　　　　　*　　　　　*　　　　　*

　무령원은 난리가 났다.

　무령원주인 옥선이 간밤에 감쪽같이 실종되어 아침이 되도록 돌아오지도, 아무런 소식도 없기 때문이다.

　예전에 이런 일은 한 번도 없었다. 옥선은 되도록 외출을 자제했으며, 하더라도 반나절을 넘긴 적이 없었으며, 그것도 매우 드문 일이었다.

　그렇지만 옥선이 부재중이라고 해서 무령원에 입원한 환자들이나 식전부터 몰려든 환자들을 모른 체할 수는 없기에 의원들과 보조 치료사, 하녀들은 조금 늦긴 했지만 서둘러 하루 일과를 시작했다.

　화운성은 일이 손에 잡히지가 않았다. 처음에 무령원에 들어왔을 때는 아니었으나 현재의 그는 오직 옥선 한 사람 때문에 무령원에 남아 있는 것이다.

　오죽하면 사매 옥이가 가출을 한 상황인데도 무령원을 떠나지 못하고 있겠는가. 그만큼 그의 옥선에 대한 사랑은 깊고 진실한 것이었다.

　생각 같아서는 당장 거리로 나가 직접 옥선을 찾아다니고 싶었으나 무령원의 일이 고양이 손을 빌려야 할 정도로 눈코 뜰 새 없이 바빠서 짬을 낼 수가 없었다.

그가 오늘 당장 무령원의 일을 그만둘 작정이라면 모르지
만, 만약 옥선이 지금이라도 무사히 돌아와 그녀 곁에 계속 머
물러 있어야 하는 상황이라면 고참들의 눈 밖에 나서는 곤란
한 일이다.

그렇다고는 하지만 옥선 때문에 환자를 돌보는 일인들 제대
로 될 리가 없다.

침을 잘못 놓거나 상처가 아닌 엉뚱한 부위에 약을 바르는
실수를 연발하다가 기어코 고참 의원에게 된통 꾸중을 들은
후에 슬그머니 의방을 물러 나왔다.

화운성은 옥선이 실종됐다는 소식을 접한 순간부터 가보고
싶었던 그녀의 방에 몰래 들어갔다.

그는 옥선의 방에 지금 처음 들어와 보았다. 그녀의 방은 상
상했던 것보다도 훨씬 검소했다. 아니, 초라하다는 표현이 맞
을 정도였다.

무령원의 다른 의원들과 화운성이 사용하는 방이나 별반 다
르지 않았다.

다만 그 방들보다 깨끗하고 정갈했으며, 무엇보다도 이 방
에는 옥선 특유의 향기인 난향이 짙게 배어 있었다.

화운성은 혹시 하녀들이 불쑥 들어오지 않을까 조심하면서
실내를 찬찬히 살펴보았다.

그러나 실내에서는 옥선 실종의 단서가 될 만한 흔적은 발

견되지 않았다.

다만 한 가지 특이한 것이 있다면, 실내의 모든 것들이 검은 흑색이었다.

이불도, 함롱 안에 걸려 있거나 개어져 있는 옷들도 하나같이 흑의뿐이었다.

평소에 화운성은 옥선이 흑의 외에 다른 색의 옷을 입은 것을 한 번도 본 적이 없다.

그녀처럼 성결하고 아름다운 여자가 어째서 흑의와 흑색을 고집하는 것인지 모를 일이다.

별다른 것을 발견하지 못한 화운성은 막 방을 나가려다가 한쪽 벽에 세워져 있는 서가가 벽에 밀착되어 있지 않고 끝이 약간 떠 있는 것을 발견하고 즉시 다가가 서가와 벽의 틈새를 살펴보았다.

순간 그의 눈이 반짝 빛났다. 벽에 통로가 있는 것을 발견한 것이다.

서가를 밀어내자 과연 지하로 뻗은 돌계단이 나타났으며, 그는 망설이지 않고 아래로 신형을 날렸다.

지하의 아담한 석실은 일견하기에도 무공을 연마하는 장소라서 그는 뜻밖이라는 표정을 지었다. 옥선이 무공을 연마하리라고는 상상도 해본 적이 없었다.

그러나 일말의 기대를 품었던 화운성은 석실에서도 아무런

단서를 발견하지 못했다. 다만 옥선의 난향만 진하게 느껴질
뿐이다.

그의 생각으로는, 그가 어젯밤에 중현의 시신을 보러 영정
하에 갔을 때 옥선이 사라진 것이 분명했다.

그렇지 않다면 옥선이 무령원을 나가는 것이나 혹은 다른
일이 벌어졌다고 해도 그것을 그가 감지하지 못할 리가 없을
것이다.

화운성은 눈앞이 캄캄해지는 것을 느꼈다. 예전에는 이 정
도의 충격을 받은 일이 한 번도 없었다.

가장 큰 충격이 옥이의 가출이었는데, 옥선의 실종은 그보
다 몇 배나 충격이 컸다.

“……!”

그때 문득 그는 이상한 느낌을 받았다. 석실 안에서 느껴지
는 것은 자신의 체취와 심장 박동, 맥박 소리, 그리고 옥선의
난향이다.

그런데 그것 말고 다른 것이 느껴졌다. 그런데 그것이 무엇
인지 알 수가 없다.

분명히 뭔가 다른 것이 있기는 있는데 어렴풋이 느껴질 뿐,
그것의 실체가 확연히 잡히지 않았다.

그는 옥선이 앉았을 것이라고 짐작되는 석대 위에 가부좌의
자세로 앉아 귀식대법을 전개했다.

즉시 심장 박동과 맥박, 혈류의 흐름까지 정지되었다. 그리고 그윽한 난향만 진하게 그의 코를 자극했다.

아니, 난향만이 아니다. 다른 하나가 더 있었다. 그것은 냄새였다. 그윽한 난향하고는 달리 이질적인 것인데, 아주 독특한 체취다.

그리고 화운성은 자신이 그 체취를 전에 맡은 적이 있다는 사실을 깨달았다.

순간 그 체취가 무엇인지 깨달은 그의 짙은 검미가 확 꺾였다.

"신풍혈수!"

그리고 그의 입에서 그악스러운 낮은 외침이 튀어나왔다.

분명히 신풍혈수의 체취다. 화운성은 그와 여러 번 스치듯이 격돌했기 때문에 똑똑히 기억하고 있다.

이질적인 체취는 신풍혈수의 것이 분명했다.

화운성은 신풍혈수가 옥선을 납치한 것이라고 단정했다.

"이놈……."

화운성을 부상 입히고, 중현을 죽였으며, 그의 수하 일절위사부터 십절위사까지 감쪽같이 사라지게 만들더니, 이제는 옥선마저 납치했다.

다 용서할 수 있으나 옥선을 납치한 것만은 절대 용서할 수가 없다.

일그러진 얼굴의 화운성의 입에서 맹수의 으르렁거리는 듯
한 쇳소리가 흘러나왔다.

"신풍혈수, 용서하지 않겠다."

＊　　　＊　　　＊

"어떻게 할 테냐?"

탁자에 단둘이 앉아서 늦은 아침식사를 하며 태무악이 주령
에게 부드러운 목소리로 물었다.

두 사람이 탁자에 앉아서 식사를 하면 마주 앉는 것이 보통
의 경우인데, 주령은 태무악 옆에 나란히 앉아 있었다.

최대한 그의 곁에 가깝게 있고 싶은 것이고, 그가 식사하는
것을 곁에서 시중을 들어주고 싶기 때문이다.

태무악은 주령이 입에 넣어준 맛있는 요리를 씹으면서 전에
는 느껴보지 못했던 행복을 만끽하고 있는 중이다.

집에서 식사를 할 때면 언제나 수피가 지금 주령이 하는 것
처럼 시중을 들어주지만 이런 행복을 느끼지는 못했다.

그렇다고 수피의 시중이 나쁘다는 것은 아니다. 오히려 그
반대로 태무악은 수피가 없으면 식사를 하는 것이 불편할 정
도다.

단지 그녀의 시중이 편안하다는 것이지, 행복하지는 않다는

뜻이다.

이유는 간단하다. 태무악이 수피를 여자로 보지 않으며, 그래서 사랑하고 있지 않기 때문이다.

그는 방금 주령이 앞으로 무령원을 어떻게 할 것인지에 대해서 물었다.

주령은 생각할 것도 없다는 듯 곧바로 대답했다.

"무령원을 그만둘 거예요. 이제부터는 악 가 곁에만 그림자처럼 붙어 있어야지요."

태무악은 빙그레 미소 지었다. 그는 주령을 만난 이후 새로운 사실을 하나 깨달았다.

그녀와 함께 있으면, 무슨 말을 하든 또 듣든 다 기분이 좋고 흐뭇하다는 사실이다.

그것뿐이 아니라, 둘이 함께 무엇을 하든 다 즐거웠다. 더 놀라운 것은, 그런 말이나 행동들이 예전에도 숱하게 많이 해 왔던 것들이라는 사실이다.

그래서 그가 깨달은 것은, 사랑하는 사람과 함께 있는 것만으로도 세상이, 그리고 일상과 삶이 완전히 별천지로 돌변한다는 사실이다.

아마 주령도 태무악과 같은 것을 느끼고 있을 터이다.

"중요하지 않은가, 무령원은? 보아하니 가난하고 병든 많은 환자들을 돕는 일 같던데……."

주령은 방그레 미소 지으면서 고개를 태무악의 어깨에 기대고 약간 교태 어린 목소리로 말했다.

"소녀에게 가장 중요한 일은 악 가와 함께 있고 또 악 가를 보필하는 것이에요. 세상에서 그것보다 더 중요한 일은 없어요. 또 그것이 소녀의 삶의 보람이기도 하고요."

뻔한 얘기 같은데도 태무악은 속에서 스멀스멀 흘러나오는 흐뭇한 웃음을 참을 길이 없었다.

"그래?"

"네, 그래요."

다른 사람이 보면, '쟤들이 뭘 하는 거지?' 하거나 유치할 수도 있는 일을 두 사람은 행복해 죽겠다는 듯 거리낌없이 연출하고 있었다.

"그럼 무령원을 없애는 것인가?"

"없애기를 원하세요? 그러시다면 없애겠어요."

"아니다. 없애는 것은 안 되지. 환자들이 많으니까……."

"염려 마세요. 소녀 대신 무령원을 이끌 사람이 있으니까요."

"그것참 다행이군. 어떤 사람이지?"

주령은 버섯 요리를 태무악의 입에 넣어주었다.

"화운성이라는 악양 사람인데, 그에게 무령원을 인계하면 잘 이끌고 나갈 것 같아요."

그녀는 화운성이란 훌륭한 사내에 대해서 칭찬하는 우를 범하지 않았다.

사랑하는 남자 앞에서 다른 사내를 칭찬하는 것은 옳지 않다고 여긴 것이다.

또한 화운성이 아무리 훌륭하더라도 태무악에 비하면 발뒤꿈치도 따라가지 못한다.

물론 그것은 주령 혼자만의 생각이지만.

"그자 말고 다른 사람에게 맡겨라."

"네."

태무악의 말에 주령은 왜냐고 묻지도 않고 공손히 대답했다.

이유가 있으니까 다른 사람에게 맡기라고 했을 것이다.

그렇지 않다고 해도 태무악의 말에 거역하거나 토를 달고 싶지 않다.

주령에게는 태무악 곁에 있는 것보다 중요한 일이란 없기 때문이다.

주령이 묻지 않자 오히려 태무악이 먼저 말을 꺼냈다.

"어째서 이유를 묻지 않느냐?"

"물어야 하나요?"

"그건 아니지만……."

태무악을 만난 이후 주령의 얼굴에서 지워지지 않고 있는 행복한 표정이 조금 더 짙어졌다.

"그럼 여쭐게요. 이유가 뭐죠?"

태무악은 우물우물 씹으면서 짧게 대답했다.

"그는 천존의 제자다."

"……!"

순간 주령의 얼굴에 경악이 가득 떠올랐다.

그러나 그녀는 그것이 정말이냐고 묻지 않았다. 현명한 여자는 어설픈 질문을 하지 않는다.

대신 생각을 많이 하고, 끝까지 이해가 되지 않는 것이 있어도 상대가 말해줄 때까지 기다린다. 그러나 말해주지 않으면 그것으로 만족한다.

"그가 너의 신분을 알고 접근한 것인지는 모르겠다. 이제부터 알아봐야지."

주령은 놀라움을 삭이느라 가만히 있었다.

"그자를 부상 입힌 것은 나다."

그 말에 주령은 깜짝 놀랐다. 태무악이 화운성을 부상 입혔다는 사실 때문이 아니다.

자신이 화운성을 치료하는 광경을 태무악이 보았을 것이라고 직감했기 때문이다.

주령은 자신이 무엇 때문에 화운성을 치료했는지를 설명할까 말까 아주 잠깐 갈등하다가 그만두기로 했다.

태무악이 그 정도는 능히 이해할 것이라고 생각했다.

"그런데 무령원이라고 지은 이유가 있나?"

태무악이 전혀 다른 것을 물었다.

주령은 배시시 미소 지었다.

"악 가 이름에서 '무' 자를, 소녀 이름에서 '령' 자를 따서 무령원이라고 지었어요."

설마 그런 뜻이 있을 줄은 생각하지 못했던 태무악은 흐뭇한 미소를 지으면서 팔을 뻗어 주령의 작은 어깨를 감싸 안았다.

그러자 주령은 기다렸다는 듯이 그의 품에 파묻혔다.

『대무신』 제8권 끝

화공도담
畫工道談

촌부 新무협 판타지 소설

예(禮)와 법(法)을 익힘에 있어
느리디느린 둔재(鈍才).
법식(法式)에 얽매이기보다 마음을 다하며,
술(術)을 익히는 데는 느리지만
누구보다 빨리 도(道)에 이를 기재(奇才).

큰 지혜는 도리어 어리석게 보이는 법[大智若愚]!

화폭(畫幅)에 천지간(天地間)의 흐름을 담고
일획(一劃)에 그리움을 다하여라!

형식과 필법을 익히는 데는 둔하나
참다운 아름다움을 그릴 수 있게 된
화공(畫工) 진자명(陳自明)의 강호유람기!

少林棍王

소림
곤왕

한성수 新무협 판타지 소설

감동의 행진을 멈추지 않는 작가 한성수!

구대문파 시리즈의 두 번째 이야기 『소림곤왕』!!
그 화려한 무림행이 펼쳐진다

"너는 지금부터 날 사부님이라 불러야만 하느니라.
소림사의 파문제자인 나, 보종의 제자가 되어서 앞으로 군소리없이 수발을 들고 모진
고통을 이겨내며 무공 수련을 해야만 한다."

잡극계의 천금공자 엽자건!
소림의 파문제자 보종의 제자가 되다!!

역사와 가상.

실존의 천하제일인과 가상의 천하제일인에 도전하는 주인공!
이제부터 들어갑니다. 부디 마음껏 즐겨주시기 바랍니다.

– 작가 서문 中에서.

야차(夜叉) 新무협 판타지 소설

귀도풍운

원수를 가르치고 원수에게 배워…
서로의 심장에 칼을 겨누는 것이
숙명인 저주받은 도법,

수라도(修羅刀),

그 기원을 알 수조차 없을 만큼 수많은 세월을 이어져 내려온 이 도법은
새로운 피의 숙명을 잉태하였다.

저주받은 피의 고리를 끊어버릴 것인가,
체념한 채로 운명에 순응할 것인가.